주문을 외우시겠습니까?

도깨도
깨비깨 비도비

주문을 외우시겠습니까?

도깨도
깨비깨 비도비

강정룡 글 | 김다정 그림

🌾 보리

누구에게나 있는 도깨비방망이

여러분은 행복한가요? 하루하루 즐겁고 신나는 일들도 많겠지만 때로는 힘들고 짜증나는 일들과 마주할 때도 분명 있을 거예요. 그럴 때 여러분은 어떻게 이겨 내나요? 모든 문제를 한 번에 해결하는 마법 같은 힘이 내게 있다면 얼마나 좋을까 하고 한번쯤 상상한 적 없나요?

만약 옛이야기 속에서나 있을 법한 온갖 도술을 부릴 수 있는 도깨비방망이가 실제로 생긴다면 여러분은 어떤 도술을 부리고 싶나요?

공부를 잘하게 되는 도술, 키가 훌쩍 크는 도술, 연예인처럼 예쁜 얼굴이 되는 도술, 짝사랑하는 아이와 사귀게 되는 도술, 모두에게 사랑받는 도술처럼 무엇이든 내가 원하는 대로 도술을 부리고 싶기도 할 거예요.

그런데 모든 걸 내 마음대로 이룰 수 있다고 해서 마냥 통쾌하고 신나기만 할까요? 얻기만 하고 잃는 건 없을까요?

주인공 달모는 도깨비방망이를 얻어 무엇이든 이룰 수 있게 되었어요. 하지

만 얻는 게 있으면 잃는 것도 있는 법이죠. 달모는 무엇을 얻고 또 어떤 걸 잃었을까요? 달모와 함께하는 동안 여러분은 이미 도깨비방망이를 하나씩 가지고 있다는 걸 알게 될 거예요. 더불어 어떻게 써야 할지도 자연스레 깨닫게 되겠지요. 여러분이 가진 도깨비방망이로 모두가 행복해지는 더없이 값진 도술을 펼치길 바라요.

어린이들에게 신나는 이야기 도술을 펼치고 싶은 **강정룡**

차례

동생이 생겼어

우리 집이 달라졌어. 나는 벌써 초등학교 3학년이나 됐는데 늦둥이 여동생이 태어난 거야.

외할머니 댁으로 내려갔던 엄마가 동생을 데리고 한 달 만에 집으로 왔어. 날마다 영상 통화를 하긴 했지만 실제로 엄마 얼굴을 보니까 눈물이 날 뻔했어.

"우리 달모, 엄마한테 한번 와 봐. 응?"

엄마가 잠든 동생을 아빠한테 건네고는 두 팔을 번쩍 벌렸어.

"내가 뭐 아기야?"

나는 입을 삐죽거렸어. 왠지 모를 서운함에 딴청을 부린 거야. 엄마 없는 한 달은 너무 길고 외로웠어. 이모하고 고모가 번갈아 찾아와 날 살뜰히 챙겨 주었지만 엄마의 빈자리는 누구도 채우지 못했어. 한 달씩이나 집을 비운 걸 보면 엄마는 하나뿐인 아들이 그립지도 않았나 봐.

"그동안 우리 달모가 얼마나 보고 싶었는지 알아? 엄마하고 안아 보자."

난 못 이기는 척 엄마 곁으로 다가섰어.

"에구구, 그동안 엄마 없이 지내느라 힘들었지?"

엄마는 날 껴안고 엉덩이를 토닥토닥 두들겨 주었어. 그제야

서운했던 마음이 스르르 풀어졌지. 그런데 엄마한테서 보통 때와 다른 냄새가 났어.

"엄마, 이게 무슨 냄새야?"

"응? 냄새라니?"

"엄마 몸에서 평소랑 다른 냄새가 나."

나는 강아지처럼 엄마 몸에 코를 대고 냄새를 맡았어. 엄마가 고개를 끄덕이며 미소를 지었어.

"아, 네 동생 냄새지."

"내 동생 냄새?"

나는 아빠 품에 안긴 채 잠든 아기의 얼굴을 들여다보았어. 발간 얼굴에 눈을 감고 새근새근 자는 모습이 어쩐지 좀 못생겨 보이지 뭐야. 코를 바짝 들이대자 엄마한테서 나는 것과 똑같은 냄새가 폴폴 풍겼어.

"우리 식구 냄새다. 달모야."

아빠도 빙그레 웃으며 덧붙였어. 나는 쏙 꺼진 엄마 배를 보자 기분이 좀 이상했어. 내게 동생이 생겼다는 사실이 낯설게 느껴졌어. 엄마가 내 손을 당겨 동생 손에 갖다 대며 말했어.

"달모야, 네 동생 달래야. 은달래. 인사해."

"은달래! 이름 참 예쁘지? 그러고 보니 남매끼리 처음 인사를

나누네."

조심조심 달래 손을 쥐어 봤어. 앙증맞은 손이 말랑말랑했어.

"어때? 동생 생기니까 기분 좋지?"

아빠는 마치 내 마음을 다 안다는 듯 넘겨짚어 말했어. 얼떨결에 고개를 끄덕였지만, 솔직히 내 기분이 어떤지 알 수 없었어.

"이제 오빠가 되었으니 여동생을 잘 보살펴 줘야 해."

"달래도 오빠가 있어 든든할 거야. 오빠 역할 잘할 수 있지?"

아빠랑 엄마가 내게 단단히 일렀어. 갑자기 마음이 무거워지지 뭐야. 아빠가 진지한 표정으로 한 번 더 일렀어.

"한동안 아빠랑 엄마가 달래 보느라 많이 힘들 것 같아. 달모가 도와줄 수 있지?"

아빠의 말은 이제부터 내가 할 일은 스스로 하라는 거였어. 아침에 알아서 일어나고, 옷을 입거나 양말 신는 것도 엄마한테 기대지 말고 직접 하라는 거지. 또 밥상 차릴 때도 엄마를 돕고, 밥 먹고 난 뒤엔 빈 그릇을 싱크대에 꼭 옮기라고 했지. 그뿐 아니라 택배가 오면 직접 받고, 달래 기저귀가 나오면 쓰레기통에 버려 달라는 부탁도 하지 뭐야. 말만 들어도 숨이 턱 막혔어.

"우리 아들 달모, 엄마 좀 도와줄 수 있겠어?"

엄마까지 내 머리를 쓰다듬으며 부탁했어.

☆ 아빠의 부탁 ☆

"아, 알았어. 노력해 볼게……."

마지못해 대답했지만 어쩐지 자신이 없었어. 그러거나 말거나 엄마랑 아빠는 날 쳐다보지도 않고 내내 달래만 들여다봤어.

"후우……."

방에 들어서자 한숨이 저절로 나왔어. 모든 게 낯설고 벅차게 느껴졌어. 정말이지 앞날이 막막했어.

그날 저녁에 할머니가 미역 한 다발을 안고 찾아오셨어.

"우리 강아지 달모야, 잘 있었어야? 응?"

"할머니!"

나는 할머니 품에 와락 안겼어. 엄마, 아빠, 할머니 가운데 누가 가장 좋냐고 묻는다면 난 바로 우리 할머니라고 말할 거야. 할머니는 날 끔찍이 아껴 주시거든. 할머니가 오기 전까지 왠지 모르게 허전하고 서운한 기분이었는데, 할머니를 보자마자 그런 마음이 싹 사라져 버렸어.

"어디 보자! 우리 병아리가 어디 있을까?"

그런데 할머니가 날 떼어 내더니 바로 안방으로 들어가지 뭐야.

"에구에구, 내 병아리. 너무 보고 싶어 할미가 왔다 아니냐."

할머니는 달래를 안고 덩실덩실 몸을 흔들며 싱글벙글하셨어. 할머니의 관심마저 달래한테로 몽땅 옮겨 갔어. 난 풀이 죽어 문 밖에 우두커니 서서 안방을 훔쳐봤지. 모두들 달래만 들여다보며 좋아할 뿐 아무도 내게 관심이 없었어.

"치이!"

쿵쾅쿵쾅 발을 굴리며 내 방으로 들어갔어.

"달모야, 숙제는 꼭 하고 일찍 자라."

아빠가 방문을 삐죽 열고 말하더니 도로 안방으로 갔어. 나는 입을 한 발이나 내밀고 꾸역꾸역 숙제를 했어. 싱숭생숭한 마음에 숙제를 대충 끝낸 뒤 자려고 누웠어.

마른하늘에 날벼락을 맞은 기분이 이런 걸까? 하루아침에 우리 집 분위기가 완전히 달라진 거야. 이 일을 어떻게 받아들여야 할지 머리가 복잡했어.

"달모야, 어여 일어나거라. 응?"

아침부터 할머니가 나를 마구 흔들어 깨웠어. 겨우 정신을 차려 알람을 맞춰 놓은 시계를 봤어.

"아우, 아직 이십 분이나 더 남았는데 왜 깨우고 그래?"

"인석아, 이제부터 느 엄마가 못 도와준께 서둘러 움직여야 혀."

내 푸념에도 할머니는 인정사정없이 이불을 걷어 냈지.

"엄마는?"

"느 엄마, 시방 자여. 아, 간밤에 느 동상 달래가 밤새 울고 보채지 뭐냐. 그 통에 아주 잠을 설쳤어야. 고분고분 일어나서 밥 먹고 어여 학교 가거라."

할머니가 자꾸 내 엉덩이를 떠밀었어.

"그래도 그렇지, 학교 갈 준비해야 하는데 엄마는 도와주지도 않고. 쳇!"

나는 투덜투덜 불평을 늘어놓았어.

"느 엄마 깨여. 조용조용하래두."

할머니는 목소리를 낮춰 날 타일렀어. 거실로 나오자 진한 미역국 냄새가 온 집 안에 가득했어.

"아우, 냄새!"

미역국을 싫어하는 나는 억지로 숨을 참으며 화장실로 들어갔어. 내 생일 때도 엄마는 미역국에 미역을 조금만 넣어서 끓여 주는데…….

"아빠는?"

"벌써 출근했지라."

아빠가 일찍 출근하는 걸 알면서도 물어봤어. 아빠가 어쩌다

휴가를 써서 평일에도 집에 있는 날이 있는데, 혹시 오늘이 그런 날이라서 학교까지 바래다주는 행운은 없을까 기대했지. 김이 새서 밥도 몇 숟갈 뜨지 않고 학교 갈 채비를 했어. 막 나서려는데 할머니가 나를 붙들었어. 그러고는 주머니에서 천 원을 몇 장 꺼내 쥐어 주며 일렀어.

"자, 요 돈 잘 넣어 뒀다 주전부리라도 하거라잉. 그라고 이 할미는 오늘 할미 집으로 가야 한께로 우리 큰손주, 느 엄마 아빠 말 잘 들어야. 알겠쟈?"

"왜? 좀 더 있다 가지……."

"농사일 땜에 바빠 안 돼야."

할머니가 시골로 돌아가신다는 게 많이 아쉬웠지만 어쩔 수 없었어. 결국 난 엄마 얼굴도 못 본 채 할머니께 대충 인사를 하곤 집을 나섰어.

터덜터덜 학교로 걸어가는데 아침부터 기분이 엉망이었어. 어느 날 갑자기 동생이 태어나면서 완전히 달라진 집안 풍경과 식구들 모습에 혼란스러웠지. 무엇보다 하루아침에 바뀐 엄마 모습을 받아들일 수 없었어. "우리 달모, 우리 달모." 하며 나밖에 모르던 엄마가 이젠 동생만 껴안고 있으니 말이야. 게다가 덩달아 바뀐 아빠와 할머니한테도 서운한 건 이루 말할 수 없었어.

"아우, 짜증나! 무슨 도깨비 장난 같은 일이래? 도깨비방망이
가 뚝딱 도술을 부려서 우리 집을 발칵 뒤집어 놓은 것 같단 말
이야!"

진짜 우리 집에 도깨비가 숨어 있는 건 아닐까? 그래서 날 골
탕 먹이려는 건 아닐까? 갑자기 그런 생각이 들지 뭐야.

이때까지는 내가 우리 집 주인공이었는데, 동생이 태어나면서
그 주인공 자리를 빼앗겼다는 게 꼭 도깨비 장난처럼 느껴졌어.

"흥! 다들 나한테는 관심도 없고……. 어디 두고 봐."

나는 어떻게든 원래 내 자리를 되찾겠다 마음먹고 입술을 앙다
물었어.

모든 게 꼬여 가기만 해

달래가 태어난 지도 벌써 몇 달이 지났어. 시간이 지나면 내가 다시 주인공이 될 거라 믿었는데, 아무리 기다려도 엄마랑 아빠는 달래한테만 정성을 쏟았어. 내가 관심 밖으로 밀려났다는 생각에 불안한 마음만 커져 갔지. 마치 가슴에 큰 구멍이 뚫린 듯했어.

오늘도 마음에 먹구름을 드리운 채 교실로 들어섰어. 그런데 울적한 기분이 어디론가 휙 달아나 버리지 뭐야. 채름이를 본 순간부터야. 아무도 모르는 비밀인데, 난 채름이를 좋아하거든.

"유채름, 안녕?"

나는 손을 흔들며 인사를 건넸어.

"안녕."

그런데 채름이는 내 인사를 건성으로 받고는 형범이하고 놀지 뭐야. 나는 채름이한테 서운한 것보다, 형범이가 더 얄미웠어. 그러거나 말거나 둘은 무슨 이야기를 하는지 신나게 수다를 떨었어. 아주 죽이 척척 맞는 게 질투 나서 못 보겠더라고. 나는 오리처럼 입을 내밀곤 힐끗힐끗 형범이에게 눈총을 쏘았어.

사실 형범이는 내 경쟁자야. 1학년 때부터 쭉 같은 반이었는데, 우린 처음부터 많은 것에서 부딪쳐 왔어. 서로 달라도 너무 다르고, 안 맞아도 너무 안 맞았거든. 내가 눈 흘기는 걸 눈치챘는지 형범이가 은근히 시비를 걸었어.

"은달모, 또 늦었냐? 난 너보다 멀리 살아도 일찍 왔다고."

"넌 날마다 엄마 차 타고 오잖아."

나도 지지 않고 이죽거렸어.

"어쨌든 너보다 멀리 사는 건 사실이잖아. 부러우면 너도 너희 엄마한테 데려다 달래라."

형범이가 자꾸 자존심을 긁는 말만 골라 했어. 나도 화가 나 되받아쳤어.

"너 말이야, 툭하면 차 타고 다닌다고 자랑하는데, 너희 엄마한테 교문 앞 횡단보도에 차 세우지 말라고 해. 길 건너는데 방해 돼! 선생님도 말씀하셨잖아."

"야, 은달모! 할 말 없으니까 괜히 트집 잡고 있어."

형범이가 버럭 화내며 나와 맞섰어. 주먹까지 쥐고서 말이야.

"선생님이다!"

누군가가 소리쳤어. 그 말에 나도, 형범이도 재빨리 자리로 가 앉았어. 난 슬쩍 채름이를 돌아봤어. 채름이는 관심 없다는 듯 책만 들여다보고 있었어. 채름이한테 좋은 모습만 보이고 싶었는데 자꾸만 일이 틀어져서 속상했어.

수업 시간 내내 화난 마음이 좀처럼 가라앉지 않았어. 이상하게도 말다툼은 형범이하고 했는데, 엄마 아빠한테 서운한 마음이 생기는 거야. 동생 달래도 괜히 얄미웠어.

학교를 마치고 나오는 길에 철민이를 불렀어.

"철민아, 우리 점핑붕붕 타러 갈래? 내가 태워 줄게."

나는 철민이 손을 끌며 말했어. 철민이는 반에서 가장 친한 단짝이야.

"나, 학원 가야 해. 너도 알잖아? 안 가면 학원에서 바로 엄마한 테 전화해. 나 먼저 갈게."

철민이는 아쉬운 표정으로 손을 흔들고 멀어졌어. 난 그만 기운이 쏙 빠졌어. 할머니한테 받은 용돈이 주머니 속에 있었지만 아무런 의욕도 생기질 않았어. 다른 때 같으면 벌써 피시방이나 뽑기 하러 달려갔을 텐데 말이야.

할 수 없이 터벅터벅 집으로 발걸음을 돌렸어. 그런데 점핑붕붕을 지나다 무심코 그쪽을 돌아보고 깜짝 놀랐어. 형범이가 기웅이, 진우와 함께 점핑붕붕을 타고 있는 거야. 그 셋은 자기들끼리 삼총사라고 불렀어. 그런데 채름이와 채름이 단짝인 송지도 함께 있지 뭐야. 몇 번이나 눈을 비비고 봐도 틀림없이 채름이었어. 아까 학교에서 형범이가 엄마한테 받은 카드를 자랑하던 게 떠올랐어. 또 자기랑 친한 기웅이와 진우한테 게임도 시켜 주고, 떡볶이를 자주 사 주던 모습도 떠올랐지.

"흥! 형범이 자식, 또 돈으로 채름이하고 송지까지 꼬셨을 거야. 치! 그래도 그렇지. 채름이도 실망이다."

애꿎은 채름이한테까지 원망을 쏟아 냈어. 채름이가 잘못한 것도 아닌데 자꾸 서운한 마음이 들었어.

"에잇!"

나는 길바닥에 버려진 빈 음료수 깡통을 발로 찼어. 어쩐지 학교에서도 겉도는 기분이라 뒤도 돌아보지 않고 곧장 집으로 갔지.

집에 도착해 초인종을 여러 번 눌러도 현관문이 열리지 않았어. 짜증 나서 계속 눌러 댔어. 그래도 아무런 반응이 없는 거야.

"뭐야? 문도 안 열어 주고."

쿵쿵쿵!

나는 화가 나서 발로 현관문을 막 찼어.

"빨리 문 열라고!"

그제야 다급히 문이 열렸어. 엄마가 부스스한 얼굴로 나오더니 나를 나무랐어.

"애, 네 동생 놀라면 어쩌려고 그래?"

"문을 안 열어 주니까 그렇지!"

난 더 크게 소리를 질렀어. 그때였어.

"응애애! 응애 응애!"

달래가 자지러지게 울음을 터뜨리지 뭐야.

"그래그래. 아가야, 놀랐지? 괜찮아, 괜찮아……."

엄마가 후다닥 뛰어가 달래를 안아 달랬어. 그러거나 말거나 난 가방을 아무렇게나 내던지곤 냉장고에서 차가운 물을 꺼내 벌컥벌컥 마셨어.

"달래 깰까 봐 소리를 낮춰 놔서 그래. 엄마가 깜빡 잠들어서 못 들었어. 그러니까 화 풀어, 응?"

"그러면 난 집에 어떻게 들어오라고!"

엄마가 조곤조곤 타일렀지만 그래도 화가 풀리지 않아 사납게 대꾸했어.

"응애애! 응애애!"

달래가 더 크게 울기 시작했어.

"오냐오냐, 그래그래……."

엄마는 달래 등을 토닥이며 달래느라 쩔쩔맸어. 그리고 내게 일렀어.

"달모야, 간식 먹고 숙제부터 해. 그리고 내일부터는 열쇠 갖고 다녀. 초인종 누르지 말고 네가 직접 문 열고 들어와. 알았지?"

"알았다고!"

난 또 냅다 소리를 지르곤 내 방으로 들어와서는 문을 쾅 소리 나게 닫았어.

"날마다 우리 아가, 우리 아가, 우리 달래, 우리 달래. 흥! 나는 신경도 안 쓰고."

약오르다 못해 울고 싶었어. 눈을 깜박여 보았지만 생각처럼
눈물이 나오지 않았어.

"와하하!"

"호호!"

그날 저녁 집 안이 웃음소리로 가득했어. 달래가 기분이 좋은
지 방싯방싯 웃었거든.

"달모야, 네 동생 달래 재롱 떠는 것 좀 봐. 기특하지?"

달래가 대단한 일이라도 해낸 것처럼 아빠가 호들갑을 피웠어.
엄마도 곁에서 감탄을 쏟아 냈어. 내가 볼 땐 그냥 살짝 웃는 것
뿐인데 그게 그리도 신기하고 대견한 모양이야. 다시 보니 딸랑
이 쥔 손을 흔들면서 웃고 있는 얼굴이 나름대로 귀엽기는 했지.
내가 얼굴을 들이밀며 말했어.

"달래야, 나야 나. 네 오빠라고. 오빠 이름 아직 모르지? 가르쳐
줄게. 달모야, 은달모!"

달래는 여전히 웃기만 했어.

"웃지만 말고 자, 따라 해 봐. 은! 달! 모!"

나는 내 이름을 크게 외쳤어.

"으애애앵!"

그 바람에 화들짝 놀란 달래가 울음을 터뜨리고 말았어.

"달모 너, 갑자기 소리 지르면 어떡해?"

아빠가 나를 나무랐어.

"에구구, 달래가 많이 놀랐나 보다. 오줌까지 쌌네. 기저귀 갈

아야겠어. 달래는 아직 아기니까 그렇게 큰 소리 내면 안 돼."

엄마도 달래를 안으며 나를 나무라지 뭐야.

"내가 뭐 알고 그랬나? 달래랑 친해지려고 그랬지……."

나는 억울해서 툴툴거렸어.

"달모야. 달래랑은 내일 놀고 그만 네 방으로 가 숙제해라."

아빠가 내 머리를 쓰다듬으며 일렀어.

"숙제 벌써 다 했다고."

"그럼, 책 읽을래? 지난번에 옛이야기 책 재미있다고 했잖아?"

"알았어……."

나는 퉁명스레 대답하곤 내 방으로 왔어. 모든 게 다 귀찮아 침대에 벌러덩 드러누웠어. 찬바람이 쌩 도는 엄마 아빠의 모습을 떠올리자 또 억울해지는 거야. 달래가 태어나기 전만 해도 이렇게 대놓고 혼내지는 않았어. 내가 실수하거나 잘못하면 혼을 좀 내다가도 금방 달래 주곤 했거든.

"흥! 이제 나 같은 건 필요 없어진 거라고."

혼자라는 생각에 외로움과 서러움이 한꺼번에 몰려왔어. 마음 같아선 엄마 아빠한테 왜 그렇게 바뀌었냐고 따지고 싶은데, 보나 마나 또 달래가 놀랜다며 혼만 더 날 것 같았어.

"푸우."

한숨이 절로 났어.

심심해서 방 안을 둘러보다 책장이 눈에 들어왔어.

아빠가 말한 옛이야기 책이 눈에 띄었어. 달래가 태어나면 엄마 아빠가 전처럼 나랑은 많이 못 놀아 준다면서 사다 준 책이야.

"그래, 차라리 책이나 읽는 게 낫겠어."

나는 손가락으로 제목들을 쭉 훑었어. 그러다 그 가운데 있는 어느 책에 관심이 가는 거야. 속으로 제목을 따라 읽었지.

'도깨도 깨비깨 비도비! 도깨비방망이가 뚝딱?'

도깨비 이야기 같은데 제목이 참 재미있지 뭐야. 나는 바로 그 책을 빼내 펼쳤어.

도깨비방망이를 얻었어

나는 침대에 엎드려 책을 읽었어. 이야기 속 꼬마도깨비가 무척 재미있는 거야. 다른 책에서 본 도깨비들은 무서워서 밤에는 절대 읽지 않았는데, 이 꼬마도깨비는 꼭 친구 같았어. 악당이나 욕심쟁이를 혼내 주는 도술을 부릴 땐 통쾌하기도 하고, "도깨도 깨비깨 비도비!" 하면서 주문을 외우는 게 정말 재미있었지. 덩달아 나까지 "도깨도 깨비깨 비도비!"라고 주문을 외쳤다니까. 읽을수록 꼭 내가 꼬마도깨비가 된 것만 같았어.

"나한테도 이런 도깨비방망이가 하나 있으면 얼마나 좋을까?"

나는 도술을 부리는 꼬마도깨비가 부러워 혼잣말로 중얼거렸어. 책장을 넘기다 보니 슬금슬금 졸음이 몰려왔지만 흥미진진하게 이어지는 이야기에 책을 덮기가 싫었어. 나중에는 꾸벅꾸벅 졸면서까지 책을 읽었어. 그러다 깜빡 잠들어서 책을 툭 밀쳤나 봐. 정신을 차려 보니 책이 감쪽같이 사라지고 없는 거야.

"어라? 책이 어디로 갔지?"

이리저리 살피다가 벽과 침대 사이에 끼인 책을 발견했어. 나는 가까스로 책 모서리를 잡고 당겼어. 그 순간, 손가락을 삐끗하며 그만 책을 놓쳐 버렸어. 책이 틈 사이로 쏙 빠지고 말았지.

책을 꺼내려면 침대 밑으로 들어가는 수밖에 없었어. 잠시 고민하다 다음에 꺼내기로 마음먹고 이불을 덮고 누웠는데, 뒷이야기가 자꾸 궁금해지는 거야.

"아우, 성가셔."

나는 투덜대며 다시 일어나 이불을 들추고 틈 사이를 들여다봤어. 어두컴컴해서 책이 보이지 않았어. 할 수 없이 바닥으로 내려와 침대 밑으로 머리를 들이밀었어. 팔을 뻗어 휘휘 저어 봤지만 손에 잡히는 게 아무것도 없지 뭐야. 거북이처럼 팔다리를 버둥대며 더 깊숙이 기어 들어갔어. 컴컴한 안쪽을 더듬더듬 짚었지. 그때 무언가 손에 잡히는 거야.

"아하! 여기…… 어? 근데, 책이 아닌 것 같은데?"

이상해서 손에 잡힌 걸 더듬거렸어. 무슨 문고리 같았어. 양옆으로 흔들어 보았지만 꼼짝하지 않길래 힘주어 당겼어. 그러자 문 같은 게 스르르 열리지 뭐야.

"어엇! 이게 뭐야?"

나는 소스라치게 놀라 열린 문 안쪽을 살폈어. 어처구니없게도 안쪽은 대낮처럼 환한 거야.

"저, 저긴 어디지?"

나도 모르게 그 문 안으로 고개를 쑥 들이밀었어.

"어어? 으악!"

그러다 그만 굴러떨어지고 말았어.

"여기가 도대체 어디야?"

눈을 왕방울만 하게 뜨곤 둘레를 살폈어. 놀랍게도 그곳은 숲 속이었어. 그런데, 어쩐지 그곳이 눈에 익었어.

"키키키! 까르르!"

난데없이 뒤쪽에서 웃음소리가 들려왔어. 난 고개를 돌리고 화들짝 놀라고 말았어.

"엇! 넌 꼬마도깨비?"

"키키키! 날 알아보는구나."

틀림없이 아까 옛이야기 책에서 봤던 그 꼬마도깨비였어. 그러고 보니 이곳도 책에서 봤던 숲속이었어.

"이, 이게 어떻게 된 거야? 여긴 어디야? 왜 꼬마도깨비 네가 내 앞에 있는 거야?"

"그거야 네가 내 이야기에 푹 빠져서지. 날 만나고 싶은 간절함이 통했나 봐."

"뭐? 아무리 그래도 어떻게 이런 일이 벌어져?"

"네가 원했던 거 아니야? 그럼 도로 돌아가든가."

"아, 아니야. 그런 말이 아니라, 믿기지 않아서 그래."

이게 꿈인지 현실인지 몰라 말이 나오지 않았어. 그러다 정신을 차렸어. 어쨌든 지금 내 앞에 꼬마도깨비가 있는 것만은 틀림

없으니까.

"네 도깨비방망이 굉장하던데? 온갖 도술을 다 부리고 말이야."

"굉장하긴 뭘. 도깨비한테 도술쯤이야 시시하지. 히히!"

꼬마도깨비가 도깨비방망이를 뱅뱅 돌리며 대수롭지 않다는 듯 말했어.

"시시하다니? 내가 볼 땐 대단하던데! 나한테 그런 도깨비방망

이가 하나 있다면 온 세상을 다 얻은 기분일 것 같아."

"쿠히히! 내 도깨비방망이가 갖고 싶은가 보구나. 줄까?"

나는 귀가 번쩍 뜨였어. 하지만 장난스레 묻는 꼬마도깨비 말이 영 믿기지 않아 가자미눈을 하곤 대꾸했어.

"꼬마도깨비, 날 놀리는 거지? 그렇게 귀한 걸 어떻게 준다는 거야?"

"거짓말 아니야. 가지고 싶으면 가져."

그러면서 꼬마도깨비가 도깨비방망이를 불쑥 내밀었어. 난 가슴이 벌렁벌렁 뛰었어.

"저, 정말 가져도 돼?"

미심쩍은 마음으로 손을 내밀었는데 꼬마도깨비가 정말로 내손에 도깨비방망이를 덥석 쥐어 주는 거야. 그러고는 장난스러운 표정을 싹 지우며 말했어.

"그런데 조건이 있어."

"조건? 어떤 조건?"

"내가 너한테 이 도깨비방망이를 주는 대신 너도 나한테 줘야 할 게 있어."

"뭘 말이야?"

내가 묻자 꼬마도깨비가 바짝 얼굴을 들이대며 말했어.

"그건 바로 너의 '기억'이야."

"기억? 그게 무슨 말이야? 기억이라니?"

"네가 도깨비방망이로 도술을 한 번씩 부릴 때마다 그 대가로 네 머릿속에 있는 기억들을 나한테 줘야 해."

"기억이라면 내 머릿속에 수두룩하게 있는데 아무거나 주면 되는 거야?"

"물론이야. 어떤 기억이든 상관없어."

"아하! 무슨 말인지 알겠어. 좋아, 그런 대가라면 얼마든지 치를 수 있어. 근데, 내 기억을 어떻게 줘?"

"도깨비방망이를 가슴에 품고 기억을 말하면 자연스럽게 네 기억이 내게 전해져! 그리고 마지막에 꼭 주문을 외워야 해. 주문은 책에서 봐서 잘 알지?"

"당연하지. 도깨도 깨비깨 비도비!"

내가 자신 있게 외치자 꼬마도깨비가 손뼉 치며 웃었어.

"그럼, 우리 당장 거래하자!"

"서두르지 말고 내 말 더 들어 봐. 어렵고 곤란한 도술을 부려야 할 때는 기억을 더 많이 줘야 해. 그래야 도술의 효과가 커지거든."

"알았어, 알았다고. 기억이야 넘칠 정도로 많으니까 문제없어!"

나는 꼬마도깨비가 마음을 바꿀까 봐 빨리 거래를 끝내고 싶었어. 그렇지만 꼬마도깨비는 진지한 표정으로 설명을 이어 나갔어.

"도깨비방망이로 도술을 부린다고 해도 무조건 네 뜻이 이루어지는 건 아니야."

"무슨 말이야?"

"사람을 해치거나, 위험에 빠뜨리게 하는 도술은 절대 통하지 않아. 알겠니?"

"알겠어. 그런 건 나도 싫으니까 빨리 하자!"

내가 발을 동동 굴렀지만, 꼬마도깨비는 아랑곳하지 않고 또 이르는 거야.

"마지막으로 꼭 알아야 할 게 있어."

"아우, 답답해……. 또 뭔데?"

"도술을 부리는 대가로 나한테 준 기억은 돌려받을 수 없어. 네 머릿속에서 지워지고 내 것이 되는 거야. 그래도 괜찮겠니?"

"괜찮아!"

"만약 거래를 무를 거면 또 다른 대가가 있어야 돼."

"어떤 대가?"

"그건 그때 가서 알려 줄게. 내가 변덕이 심해서 그때그때 마음이 달라져."

"알았어. 알았다고!"

나는 빨리 거래를 끝내고 싶어서 서둘러 대답했고, 그제야 꼬마도깨비는 다시 장난기 가득한 웃음을 지으며 새끼손가락을 내밀었어.

"자, 약속! 이걸로 우리 거래는 이루어진 거다."

"물론이지! 히히!"

나는 콧노래를 부르며 대답했어. 돈을 달라는 것도 아니고, 내 보물인 게임팩과 미니어처 장난감, 캐릭터 피규어도 아닌 그깟 기억쯤이야 얼마든지 줄 수 있었어. 그러다 좀 궁금해졌어.

"꼬마도깨비, 내 기억은 받아서 뭐하려고 그래?"

"난 네가 준 기억을 영화처럼 볼 수 있어. 네 기억을 통해 바깥 세상을 구경하며 놀려고 해. 생각만 해도 신나는 일이지. 헤헤."

나는 꼬마도깨비가 하는 말이 알쏭달쏭했지만 더 이상 신경쓰지 않았어. 내 마음은 온통 도깨비방망이한테 가 있었거든.

"이제 다 된 거지? 나, 간다."

나는 혹시라도 꼬마도깨비 마음이 바뀔까 봐 서둘러 돌아섰어. 꼬마도깨비가 우스꽝스럽게 공중제비를 하며 내가 아까 들어왔던 문 앞까지 굴러갔어. 그리곤 친절하게 배웅해 주었어.

"잘 있어."

내가 막 나가려는 순간,

"잠깐!"

꼬마도깨비가 내 어깨를 덥석 잡았어.

"중요한 걸 깜빡할 뻔했네. 잘 들어. 네가 도술을 부릴 수 있다
는 걸 누구에게도 말해서는 안 돼. 다른 사람한테 비밀을 들키
게 되면 도술을 부릴 수 없게 돼. 알겠니?"

"걱정 마! 비밀이 새는 일은 없을 거야."

우리는 서로 손을 흔들었고, 나는 서둘러 문밖으로 나왔어. 다
시 깜깜한 침대 밑이었어.

"우아, 내가 도술을 부릴 수 있게 되다니!"

나는 싱글벙글 웃으며 침대 밑에서 빠져나왔어. 날아갈 듯한 기분에 가슴이 두근거렸어. 앞으로 어떤 일이 벌어질지 무척 기대됐지. 나는 도깨비방망이를 내내 만지작거리다 까무룩 잠이 들었어.

도깨도 깨비깨 비도비!

"달모야, 어서 일어나. 학교 가야지!"

엄마가 깨우는 소리에 눈을 비비며 일어났어.

"알람 맞춰 놨는데 왜 깨워?"

"알람 벌써 울렸어. 알람 맞춰 놓으면 뭐 해? 소용없는데."

내 말에 엄마가 핀잔을 주었어.

"못 들었는데……."

머쓱해져 괜히 뒷머리를 긁적이다 번쩍 생각나 물었어.

"참! 엄마, 꼬마도깨비는? 내 도깨비방망이는?"

"얘가 웬 잠꼬대야? 정신 차리고 빨리 나와서 세수해."

방 안을 둘러봤지만 꼬마도깨비와 도깨비방망이는 없었어.

"에이, 꿈이었나 봐……."

한숨이 절로 나왔지. 나는 투덜거리며 학교 갈 채비를 했어. 막 나서려는데 엄마가 불쑥 묻는 거야.

"달모 너, 열쇠 챙겼어?"

"아차!"

나는 후다닥 다시 내 방으로 뛰어 들어갔어.

"어디에 뒀더라?"

방 안을 뺑글뺑글 돌다가 침대 밑에 열쇠가 삐죽 나와 있는 걸 발견했어.

"여기 있었네. 어? 근데 이건 뭐지?"

열쇠를 집어 드는데 처음 보는 열쇠고리가 달려 있지 뭐야. 찬찬히 살펴보다 소스라치게 놀랐어.

"앗! 이건 도깨비방망이!"

새끼손가락만 하게 작아졌지만 틀림없는 도깨비방망이였어. 간밤에 꼬마도깨비를 만났던 일이 다시 떠올랐지.

"꿈이 아니었잖아? 이걸로 진짜 도술을 부릴 수 있을까?"

머릿속이 온통 뒤죽박죽인 채로 학교에 갔어. 가슴이 자꾸 두근거렸지. 도깨비방망이 생각에 시간이 어떻게 가는지 몰랐어. 그러다 미술 시간이 되었어.

"자, 이번에는 지난 시간에 알려 준 대로 만들기를 할 거예요. 가져온 재료로 자유롭게 만들어 보세요."

"네!"

선생님 말씀에 모두 크게 대답했는데 그 가운데서도 형범이 목소리가 가장 우렁찼어. 형범이는 만들기 재료를 잔뜩 늘어놓았어.

"형범아, 뭐 만들 거야?"

"기대된다! 형범이 너 만들기 잘하잖아."

옆자리 기웅이의 말에 앞에 앉은 진우도 형범이를 추켜세웠어.

"오늘은 특별한 걸 만들 거야. 두고 봐."

형범이는 자신만만하게 재료를 매만지기 시작했어. 나도 준비

해 온 찰흙을 주물렀어. 뭘 만들까 궁리하다 도깨비방망이가 떠올랐어.

'그래, 바로 그거야!'

나는 찰흙을 주물러 굵직한 방망이 모양을 만든 다음, 울퉁불퉁한 혹을 붙였어.

"야, 은달모. 괴상망측한 그건 뭐냐?"

한창 만들기에 빠져 있는데 형범이가 시비를 걸었어.

"넌 몰라도 돼."

나는 퉁명스레 대꾸했어.

"누가 잘 만드는지 내기할까?"

"싫어!"

"너 자신 없으니까 그러지? 응?"

"나도 잘할 수 있거든! 도깨비방망이 만들고 있어!"

나는 짜증 나서 소리쳤어.

"크하하! 도깨비방망이래."

"웃겨, 정말."

듣고 있던 기웅이와 진우까지 끼어들었어.

"너네나 잘해!"

나는 사납게 쏘아붙이곤 도깨비방망이를 계속 만들었어. 씩씩

대며 하다 보니 생각만큼 잘 만들어지지 않았어. 아무리 봐도 엉터리인 거야.

"달모, 네 도깨비방망이 재밌게 생겼다."

철민이가 내 방망이를 보며 말했어.

"넌 뭐 만들었냐?"

"난 그냥 종이접기 했어. 다른 건 잘 못하거든."

"잘하는 걸 하면 되지."

철민이랑 이야기를 주고받는데 형범이가 또 시비를 걸었어.

"얘들아, 은달모가 만든 도깨비방망이 좀 봐. 되게 웃겨."

그 말에 아이들이 내 책상 쪽을 쳐다봤어.

"말라비틀어진 북어 같은데?"

"다 닳은 몽땅한 빗자루 같기도 하고, 킥킥."

기웅이와 진우가 얄밉게 한마디씩 거들었어. 형범이는 보란 듯자기가 만든 것을 높이 쳐들었지.

"내 건 어때?"

자신감 넘치는 목소리에 모두 형범이에게로 눈길이 쏠렸어.

"우아! 킹왕짱이잖아!"

"진짜 똑같다. 형범이 너 어떻게 이렇게 잘 만들었냐?"

"근사해. 게임 캐릭터보다 더 그럴듯해."

다들 감탄했어. 킹왕짱은 요새 한창 뜨는 게임 속 캐릭터인데 슈퍼맨처럼 멋진 영웅이어서 정말 인기가 많아. 나도 슬쩍 훔쳐봤어. 내가 봐도 그럴듯하게 보였어. 솔직히 내 도깨비방망이하고 견주지 못할 만큼 잘 만들었더라고.

"이쯤이야 뭐."

형범이가 어깨에 힘을 주며 우쭐댔어.

'짜식! 잘난 척은……'

애써 무시하려 했는데, 형범이가 내 귀를 확 잡아채는 말을 내뱉는 거야.

"채름아, 내가 만든 킹왕짱 전시하고 나서 너 줄게."

"정말? 고마워. 형범이 너 약속했다?"

"당연하지! 한 입으로 두말하면 안 되지."

채름이가 좋아하자 형범이는 뿌듯해했어.

'아우, 성질나!'

부글부글 화가 나는데 형범이가 또 시비를 걸지 뭐야.

"야, 은달모! 근데 네가 만든 그 괴상한 도깨비방망이로 도술도 부릴 수 있는 거냐?"

형범이 코웃음에 나도 맞받아쳤어.

"그럼 네가 만든 킹왕짱은 진짜 싸울 수 있냐?"

"넌 게임에 나오는 킹왕짱이랑 종이 상자로 만든 킹왕짱이 똑같다고 생각해? 다섯 살 먹은 내 동생도 이런 건 구분할 줄 알아!"

형범이가 바락 소리를 질렀어.

"너, 말 한번 잘했다. 내가 찰흙으로 만든 게 이야기 속에 나오는 도깨비방망이랑 같겠냐?"

형범이는 나를 노려보기만 할 뿐 아무 대답도 못 했지.

그때 선생님이 우리 쪽을 쳐다보셨어.

"수업 시간인데 누가 떠들까요? 자, 시간이 거의 다 됐어요. 이제 마무리해서 이름 쓰고 앞에다 내도록 해요."

아이들이 저마다 만든 걸 선생님께 냈어.

"여러분이 만든 작품은 오늘 하루 동안 교실에 전시하겠어요. 서로가 만든 걸 살펴보기로 해요."

점심시간이 되자 모두들 우르르 급식실로 몰려갔어. 나는 슬그머니 빠져나와 아무도 없는 화장실로 갔어. 도깨비방망이를 시험해 보고 싶었거든. 주머니에서 도깨비방망이를 꺼내 가슴에 댔어.

"도술을 부리려면 내 기억을 대가로 줘야 한다고 했지?"

나는 머릿속에 있는 기억들을 떠올려 보았어. 당장 생각나는 게 형범이하고 얽힌 기억들이었어. 마른침을 꿀꺽 삼키고 그 기억을 말했어.

"지난번에 형범이가 피자 쏜다며 반 애들 죄다 데리고 가면서 나만 쏙 빼놓은 기억, 또 축구할 때 형범이가 내 발을 걸어서 넘어진 탓에 웃음거리가 된 창피한 기억까지 모두 줄 테니 형범이가 만든 킹왕짱을 똥맨으로 바꿔 줘! 도깨도 깨비깨 비도비!"

간절히 주문을 외우면서도 한편으론 기분이 찝찝했어. 그날 피자는 못 먹었지만 철민이와 신나게 놀았고, 축구 시합에서 넘어졌지만 내가 골을 넣기도 했으니까.

주문을 다 외우자 손바닥이 정전기가 이는 것처럼 찌릿했어.

'정말 도술이 통할까?'

두근거리는 마음으로 급식실로 갔어.

밥을 다 먹은 아이들이 전시된 작품을 보려고 교실 뒤편으로 모여들었어. 그때 누가 크게 소리쳤어.

"어? 저게 뭐야? 형범이가 만든 킹왕짱이 바뀌었어!"

그 말에 눈길이 모두 그쪽으로 쏠렸어.

"뭐야 저거? 킹왕짱이 똥맨이 됐잖아!"

"우하하하!"

교실이 들썩거릴 정도로 웃음바다가 되었어. 똥맨은 온통 똥으로 된 아주 기분 나쁜 캐릭터인데, 벌점을 받을 때 나오는 거라서 모두들 질색하거든. 깜짝 놀랐어. 내 도술이 통한 거야! 형범이가 그야말로 똥맨 같은 얼굴이 되어 말했어.

"선생님, 이, 이거 제 거 맞아요?"

"맞는데? 이름도 쓰여 있잖아요?"

틀림없는 형범이 거였어. 진우가 형범이 눈치를 보며 말했어.

"분명 킹왕짱이었는데, 왜 똥맨으로 바뀌었지?"

"채름이한테 선물하기로 했잖아. 어쩌냐……?"

기웅이도 형범이 기분을 맞추려 했어. 뒤돌아봤는데 채름이가 잔뜩 실망한 얼굴로 형범이한테 말했어.

"선물한다는 게 똥맨이야? 날 놀리는 거니? 흥!"

찬바람이 쌩 도는 그 말에 형범이는 울상이 되었어.

"작품 낼 때 여러 개가 한데 몰리는 바람에 좀 망가졌을 수도 있어요. 형범이는 너무 실망하지 말고 친구들도 흉보지 말아요."

선생님이 형범이를 달랬지만 아이들은 키득키득 웃었어. 나는 고소하기도 하고, 통쾌하기도 해서 웃음이 터져 나오려고 했지만 숨을 헐떡이며 가까스로 참았어. 그때 진우가 날 흘깃거리며 말했어.

"설마 달모가 만든 도깨비방망이가 도술을 부린 건가?"

그 말에 형범이와 기웅이도 미심쩍은 눈으로 나랑, 내가 만든 도깨비방망이를 번갈아 봤어. 물론 나는 시치미를 뚝 뗐지.

'야호! 진짜로 도술이 통했어!'

나는 속으로 만세를 불렀어.

내 마음대로 도술을 뚝딱!

"우히히히!"

자꾸만 웃음이 새어 나왔어. 도깨비방망이가 진짜 도술을 부리 다니. 킹왕짱이 똥맨으로 바뀌고 졸지에 똥맨 같은 꼴이 된 형범 이를 떠올리니 참 고소했어. 무엇보다 채름이가 형범이한테 화내 는 모습이 정말 통쾌했지. 내 나쁜 기억과 맞바꾼 것치곤 아주 큰 이득이지 뭐야.

"근데 내가 꼬마도깨비한테 준 기억이 뭐였더라?"

한참을 더듬어 봤지만 생각나지 않았어.

"아참! 도술의 대가로 준 기억은 지워진다고 했지."

그제야 고개를 끄덕였어. 뭔지 몰라도 나쁜 기억이 지워졌으니

상관없다고 생각했어. 주머니에서 도깨비방망이를 꺼내 들여다 봤어. 이젠 나한테 가장 소중한 보물이야.

학교를 마치고 철민이랑 같이 집에 갔어.

"오늘 형범이 망신당하는 꼴 봤지?"

"응, 근데 너무 이상해. 어떻게 킹왕짱이 똥맨으로 바뀌지?"

싱글벙글인 나와 달리 철민이는 자꾸만 고개를 갸웃거렸어. 나는 입이 근질거렸지만 절대 밝힐 수 없는 비밀이라 꾹 참았어.

"철민아, 우리 놀이터에서 놀다 갈래? 오늘 정말 기분 좋다! 바이킹도 타고, 점핑붕붕도 태워 줄게."

"정말?"

"그럼, 내가 쏜다니까!"

철민이는 내 말에 솔깃해하다 곧 고개를 가로저었어.

"학원 때문에 안 되겠어."

"한 번만 빠지면 안 돼?"

"안 돼……. 바로 엄마한테 연락 가서 혼나."

시무룩한 철민이 모습에 내 기분도 가라앉았어. 오늘 같은 날 친구랑 신나게 놀고 싶었는데 말이야. 자꾸 미련이 남아서 철민이를 다시 설득했어.

"너희 엄마가 허락하면 놀 수 있어?"

"당연하지."

"그럼, 그렇게 해 줄까?"

"네가 무슨 재주로? 우리 엄마한테 부탁해 봤자 소용없어."

나는 도깨비방망이를 한 번 더 쓰기로 마음먹었어.

"철민아, 그러지 말고 너네 엄마한테 전화해 봐."

"허락 안 해 줄 거라니까."

"날 믿고 해 봐! 또 알아? 마법 같은 일이 벌어질지?"

나는 웃으며 철민이를 부추겼어.

"에이, 설마? 그런 일은 절대 없을 거야."

"한번 걸어 보라니까. 나 잠깐 화장실 갔다 올 테니까 그사이에 꼭 전화해 봐. 알았지?"

철민이가 마지못해 고개를 끄덕이며 휴대전화를 꺼내는 걸 보고 나는 잽싸게 공중화장실로 뛰어갔어. 화장실 문을 꼭 잠근 뒤 도깨비방망이를 꺼내 가슴에 댔어. 이런저런 기억을 더듬다 철민이와 있었던 일이 떠올랐어.

"지난번 철민이가 학원을 다섯 군데나 다녀야 해서 너무 힘들다며 내 앞에서 울었던 기억 줄게. 엄마가 시키는 건 무조건 따라야 한다며 한숨짓던 모습도. 대신 오늘 나랑 철민이가 실컷 놀게 해 줘. 도깨도 깨비깨 비도비!"

간절히 주문을 외우고 얼른 철민이한테 뛰어갔어. 아직 철민이는 시큰둥한 표정으로 전화하고 있었어.

'제발 도술이 통해라!'

나는 속으로 한 번 더 기합을 넣었어. 그 순간 철민이 얼굴이 활짝 펴졌어.

"오늘 학원 빠지고 놀아도 되는 거지? 분명히 허락한 거다?"

슬쩍 엿들으니 철민이네 엄마가 웃는 목소리로 흔쾌히 대답하는 소리가 들리지 뭐야.

'아싸! 이번에도 도술이 통했어!'

우린 환호성을 질렀어.

"야호! 달모야, 엄마가 오늘 맘껏 놀아도 된대. 이게 웬일이냐?"

"잘됐다. 우리 점핑붕붕부터 타자."

"정말 믿기지가 않아. 오늘 참 신기한 날이야. 아까 형범이가 만든 킹왕짱이 똥맨으로 바뀌질 않나, 우리 엄마가 노는 걸 허락하질 않나, 누가 마법이라도 부렸나 봐!"

"헤헤! 그러게 말이야. 빨리 놀자."

"기분이다! 돈은 내가 낼게."

철민이가 가게 계산대로 뛰어가서 내 몫까지 계산했어.

"야호! 신난다!"

우리는 신나게 점핑붕붕을 탔어. 철민이는 경험이 없어서인지 영 어설프게 타서 내가 시범을 보여 줬어. 공중제비도 하고, 엉덩방아도 찧으며 타고, 연달아 누웠다, 앉았다, 엎어졌다 하며 온갖 기술을 가르쳐 주었어. 철민이는 신기해하면서 흉내 냈지만 잘되지 않았어. 그래도 재미있게 놀았어. 철민이와 나는 땀이 흠뻑 나도록 놀다 땅거미가 져서야 헤어졌어.

그날 저녁, 우리 집에서 한바탕 환호성이 터졌어.

"와! 우리 달래 잘한다."

"결국 뒤집기를 해냈구나!"

이때껏 누워만 있던 달래가 엎드려 있었어. 내가 봐도 신기했어. 달래는 엄마, 아빠가 안아 줄 때 말고는 우유도 누워서 먹고, 오줌똥도 누워서 쌌거든. 그런 달래가 스스로 몸을 뒤집은 거야. 몸을 마구 뒤틀더니 겨우겨우 뒤집어서 엎드렸어.

"우리 달래, 잘한다 잘해. 이제 다 컸어."

아빠는 감탄하면서 몇 번이나 달래를 도로 눕혔어. 달래가 계속 뒤집기를 보여 주자 아빠는 야구장에 갔을 때처럼 방방 뛰며 손뼉 치고 함성을 질렀어. 엄마 얼굴에도 웃음이 한가득이었지.

"치, 겨우 몸을 뒤집는 거 가지고 뭐가 대단하다는 거야?"

처음 몇 번은 신기했지만 자꾸 보니 시시해져서 그렇게 말했어.

"달모야. 너한테는 아무것도 아니겠지만 달래한테는 굉장한 일이야. 아주 큰일을 해낸 거야."

엄마가 나한테 일러 주었어. 솔직히 말하면 달래만 자꾸 칭찬하니까 샘이 났어.

"나도 점핑붕붕 타기 기술 굉장하단 말이야."

나는 소파 위에 올라서서 동작을 선보였어. 근데 기대했던 칭찬 대신 엄마가 표정을 딱 굳히고 잔소리하지 뭐야.

"달모 너, 점핑붕붕 조심해서 타야 한다. 재주 부리려다 다칠

수 있어. 엄마 친구 경희 이모 알지? 이모네 아들도 점핑붕붕 타다 기둥에 박아서 다쳤다고 하잖아.”

“난 더 잘 탄단 말이야. 내 기술은 형범이랑 기웅이, 진우도 흉내 못 내. 철민이도 나한테 배우려고 얼마나 많이 노력했는데.”

난 오기가 생겨 대꾸했어. 그러자 아빠가 달래듯 말했어.

“그래, 우리 달모. 튼튼하게 뛰노는 건 좋은데, 엄마 말대로 조심해서 타자, 응?”

나도 칭찬을 듣고 싶었는데 우리 집에 내 편은 아무도 없는 것 같았어. 괜히 달래가 미웠어. 달래 때문에 핀잔을 들은 것 같았거든. 자꾸만 화가 치밀어 당장 도술을 쓰기로 마음먹었어. 내 방으로 건너와서 도깨비방망이를 꺼냈어. 어떤 기억을 대가로 써야 할지 찬찬히 떠올려 보았어.

“그렇지!”

나는 지난번에 모처럼 달래와 놀아 주다 장난을 심하게 쳐서 달래를 크게 울렸고 그 일로 혼난 기억이 떠올랐어.

“그 기억 줄 테니, 딱 내일까지만 내 동생 달래가 뒤집기 못 하게 해 줘! 도깨도 깨비깨 비도비!”

그리곤 도깨비방망이를 잘 넣어 둔 뒤 다시 거실로 갔어.

“달모, 숙제하고 잘 준비 해야지, 왜 또 왔을까?”

"달래가 뒤집기 하는 게 신기해서 말이야. 또 시켜 봐. 딱 한 번
만 더 구경할게."

달래가 엄마, 아빠를 실망시키는 모습을 꼭 보고 싶었어.

"녀석, 네가 생각해도 기특하지? 오빠가 되었으니 그런 의젓한
생각을 가져야지. 그럼, 우리 달래 한 번만 더 해 볼까? 사실 아
빠도 좀 더 보고 싶거든. 허허."

"우유 마실 때 젖병 빼면 달래가 화낼 텐데."

엄마는 달래가 물고 있는 젖병을 조심스레 뽑았어.

"우리 달래, 뒤집기 딱 한 번만 더 할까? 오빠가 보고 싶대."

그러면서 이불 위에 달래를 뉘었어.

"자, 달래야. 뒤집기 해 봐! 알지?"

아빠가 들떠 말했어.

"으! 으!"

그런데 달래는 팔다리만 바둥거릴 뿐 뒤집기를 하지 못했어.

"어라? 우리 달래 왜 못 할까? 달래야, 아까처럼 뒤집어 봐."

아빠는 달래 몸을 받쳐 살짝 도와주기까지 했어. 그런데도 달래는 얼굴이 새빨개지도록 용쓸 뿐 도무지 뒤집기를 못 했지.

"달래야, 너 뒤집기 하면 오빠가 칭찬 많이 해 줄게. 어서 해 봐."

나는 웃음이 나오려는 걸 가까스로 참으며 말했어. 이번에도 도술이 통한 거야.

'키히히. 엄마, 아빠 실망하는 표정 봐. 아주 고소해.'

나는 신나서 속으로 자꾸만 웃었어.

"에구, 우리 달래 너무 무리했나 봐. 이러다 몸살 날라……."

엄마가 달래를 안아서 도로 젖병을 물렸어.

"그럼, 무리하면 안 되지. 우리 달래 우유 많이 먹고 내일 다시 하자, 응?"

아빠도 아쉬운 듯 달래 엉덩이를 톡톡 두들겼어.

달래한테 실망할 줄 알았는데 기대가 완전 빗나간 거야. 나는 투덜대며 내 방으로 건너왔어. 근데 생각해 보니 달래한테 조금 미안하기도 했어. 내일이 되면 다시 뒤집기를 잘할 수 있을 거라 믿으며 잠자리에 들었어.

떠돌이 개를 만났어

오늘은 학교에서 선생님이 모둠 숙제를 내주셨어. 먼저 마음 맞는 사람끼리 다섯 명씩 모둠을 만들어야 했어. 형범이는 자기네 삼총사에 채름이와 송지를 끌어들여 모둠을 뚝딱 만들었지. 난 철민이랑 다른 친구들을 찾아 모둠을 만들었어.

우리 모둠이 맡은 숙제는 학교 둘레에 있는 가게와 거기서 일하는 사람들이 무슨 일을 하는지 조사하는 거였어. 형범이네 모둠은 학교를 빙 두른 길에 서 있는 가로수 종류를 빠짐없이 조사하는 거였지. 가장 잘한 모둠 숙제는 학급 누리집에 싣고 상도 준다지 뭐야.

"보나 마나 우리가 일등 할 거야!"

형범이가 큰소리를 뻥뻥 쳤어.

"우리 모둠 파이팅!"

형범이네 모둠은 운동선수들처럼 손을 포개고서 우렁차게 파이팅을 외쳤어.

'흥! 길고 짧은 건 대봐야 알지. 어디 두고 봐.'

나는 아니꼬운 눈으로 형범이를 흘겨보며 꼭 이기겠다고 속으로 다짐했어.

"우리 모둠도 제대로 해 보자. 일등 하면 상도 받는다잖아. 다들 알겠지?"

내가 결의에 찬 얼굴로 말했어. 그리고 형범이네 모둠처럼 손을 모으고 질세라 더 크게 외쳤어.

"상은 우리 것! 아자아자 파이팅!"

모둠 친구들한테 상을 꼭 타자고 이야기했지만 사실 상은 중요하지 않았어. 오로지 형범이 모둠을 이기겠다는 마음뿐이었지. 우리 모둠은 맨 먼저 학교 앞 분식집인 '짱구 분식'부터 들렀어. 그리곤 선생님이 알려 주신대로 방문한 까닭을 이야기했어.

"아하! 그렇구나. 우리 짱구 분식 홍보 좀 많이 해다오. 호호호."

짱구 분식 사장님께서 취재를 흔쾌히 허락해 주셨어. 우리는 메뉴와 맛을 기록하고 사장님이 일하는 모습도 사진으로 찍었어. 방송국 기자가 된 것처럼 내가 질문하면 그 모습을 철민이가 휴대전화로 찍기도 했어. 한번 하고 나니까 용기가 막 생기는 거야.

자신감에 차 걷고 있는데, 저 멀리 가로수를 살펴보는 형범이네 모둠이 보였어. 형범이와 채름이가 같이 수첩에 무언가를 적고 있었지. 서로 마주 보며 웃기도 하는데 그 모습을 보니 샘이 났어. 자리에 멈춰 서서 형범이네 모둠을 쳐다보는 나를 보고 아이들은 시간이 없다며 재촉했어. 나는 떨어지지 않는 발걸음을 억지로 떼고 다음 곳으로 걸어갔어.

우리 모둠은 '까끌래뽀끌래 미용실' '온세상 구제' '찰떡궁합 떡집' '하마입 열쇠점' '천년만년 건강원' '25시 편의점' '다나아 약국' '윤이나 세탁소'까지 여러 가게를 차례차례 돌았어. 평소엔 우리 동네를 잘 살펴보지 않아서 몰랐는데 가게들이 많이도 있지 뭐야. 숙제를 하다 보니 우리 동네를 더 잘 알 수 있었어.

"히히, 재밌다. 우리 정말로 방송국에서 나온 사람들 같아."

"그러게 말이야. 진짜 방송처럼 해 보자."

철민이 말에 내가 맞장구쳤어. 다른 친구들도 신이 난듯 마주

웃었어. 우리는 형범이네 모둠을 제치고 학급 누리집에 보란 듯이 숙제를 올리겠다는 꿈으로 똘똘 뭉쳤어. 그렇게 학교 둘레를 반쯤 돌아봤을 때였어.

가게가 모여 있는 시장을 지나 한적한 골목길로 접어들었는데, 저만치 앞에 형범이네 모둠이 보였어. 같은 길을 한 바퀴 돌다 보니 어디서든 한 번은 마주칠 수밖에 없었지. 근데 다들 한곳에 몰려선 채 웅성대고만 있는 거야. 뭐가 뭔지도 모르고 우리가 다가가던 순간,

"엇, 개다!"

철민이가 대뜸 소리치며 어딘가 손으로 가리켰어. 가리킨 곳에는 커다란 개 한 마리가 골목길을 턱 가로막고 앉아 있었어.

누런 털이 꾀죄죄하고 덥수룩한 게 아무리 봐도 떠돌이 개 같았어. 형범이네 모둠은 그 개가 무서워 지나가지 못했던 거였어. 다들 잔뜩 겁먹은 채 눈치만 살폈지. 그러고 보니 우리 모둠도 그 개를 지나쳐야만 했어.

"어떡해? 빨리 숙제 끝내고 엄마랑 이모네 가기로 했는데?"

채름이가 발을 동동 구르며 말했어. 형범이가 채름이를 위하는 척 말했어.

"채름아, 너 답답하겠다. 어쩌냐?"

형범이가 개와 채름이를 번갈아 보았지만 뾰족한 수는 없는 것 같았어.

"선생님 불러올까?"

"119에 먼저 신고해야 하는 거 아니야?"

송지와 채름이가 말했어. 다들 안절부절못하고 있는데 진우가 대뜸 형범이를 부추겼어.

"형범이 너, 세잖아? 네가 저 개 한번 쫓아내 봐."

"맞아. 우리 반에서 형범이가 가장 세긴 하지."

기웅이도 맞장단을 놓았고 다들 고개를 끄덕였어. 형범이가 겁 먹은 얼굴로 우물쭈물했어.

"내가 잘하는 건 태권도랑 축구잖아. 개하고는 안 붙어 봤는 데……."

형범이가 뒷머리를 긁적이며 모두를 둘러보다 채름이와 눈이 딱 마주쳤어. 채름이도 형범이한테 은근히 기대하는 눈치였어.

"그, 그래도 내가 어떻게든 해 보지 뭐!"

그 바람에 형범이는 내키지 않는 표정으로 한 발짝 앞으로 나 섰어.

"우이씨, 똥개야! 왜 길을 막고 그래? 좀 비켜!"

형범이가 따지듯 소리쳤지만 어쩐지 자신 없는 목소리였어. 개는 물끄러미 형범이를 쳐다보았어.

"저게!"

오기가 난 형범이는 가방을 벗고 개를 향해 대뜸 태권도 품새를 펼쳐 보였어.

"얍! 얍! 이래도 안 비킬 거야?"

그런 형범이 모습에 개는 몸을 움찔움찔했어.

"그만둬!"

보다 못한 내가 외쳤어. 모두들 날 쳐다봤어. 형범이가 기분 나쁜 듯 말했어.

"네가 왜 참견이야?"

"동물을 괴롭히면 더 위험해져!"

전에 인터넷에서 낯선 개와 마주쳤을 때 대처하는 방법을 우연히 본 기억이 떠올라 대꾸했어.

"인마! 그럼 어떡해? 네가 한번 해 봐!"

자존심이 상한 형범이가 쏘아붙였어. 그러면서 은근슬쩍 뒤로 빠지지 뭐야. 막상 일이 이렇게 되니 더럭 겁이 났어. 그치만 여기서 물러난다면 체면을 다 구기고 말 거란 생각이 들었어. 더구나 채름이까지 지켜보고 있잖아! 그때 도깨비방망이가 떠올랐어. 믿을 건 그것밖에 없었어. 난 침을 꿀꺽 삼키고 앞으로 나섰어.

"조심해!"

"덤벼들 수도 있어!"

철민이와 다른 아이가 내 옷을 붙들며 말렸어. 나는 슬그머니 주머니에 손을 넣어 도깨비방망이를 움켜쥐었어. 그리고 고민하는 척 손을 가슴에 갖다 댄 뒤 재빨리 온갖 기억을 떠올리기 시작했어.

'꼬마도깨비야, 기웅이랑 지우개 따먹기 해서 몇 개나 잃은 기억, 진우랑 요요 묘기 시합에서 진 기억, 또 피구 할 때 형범이가 던진 공에 코를 맞아 딸기코가 됐던 기억, 그때 채름이가 내 코를 보고 킥킥대던 기억까지 모두 줄 테니, 저 개가 날 잘 따

르게 해 줘. 꼭 부탁이야! 도깨도 깨비깨 비도비!'

나는 마음속으로 간절히 주문을 외웠어.

"얌마! 큰소리치더니 어떻게 된 거야. 겁먹은 거야?"

형범이가 뒤에서 빈정댔어.

"기다려 봐. 먼저 조심히 다가가야 해."

나는 그럴듯하게 둘러대고 주머니를 뒤져 사탕 하나를 꺼냈어. 포장지를 벗겨 한 입 빨고는 개 앞에 툭 던졌어. 먹을 수 있다는 걸 보여 주려는 거였지. 다들 숨죽이고 지켜보는데, 개가 코를 큼큼거리며 사탕에 관심을 보이는 거야. 그러더니 힘들게 몸을 일으켰어.

다시 보니 깡마르고 배가 홀쭉했어. 아마 너무 배가 고파 기운이 다 빠진 것 같았어. 개는 우리들 눈치를 보며 사탕을 핥았어. 꼬리까지 설렁설렁 흔들지 뭐야. 나는 확신을 갖고 모두에게 말했어.

"무서워할 것 없어. 우리가 나쁘게 안 하면 위험하지 않아. 버려진 개 같은데 신고하는 게 좋겠어."

그리고 보란 듯 개를 비켜 지나가 보였어. 개는 슬그머니 옆으로 피해 주기까지 했어.

"와! 달모 대단하다. 어떻게 개에 대해 그렇게 잘 알아?"

철민이가 감탄하며 두 번째로 개를 지나쳐 왔어. 그러자 우르르 다른 아이들도 개를 비켜 지나왔어. 그걸 본 채름이와 송지도 넘어오고 형범이와 기웅이, 진우도 그 뒤를 따라나섰어. 형범이가 휴대전화를 꺼내며 채름이한테 말했어.

"채름아, 저 개 안됐다. 내가 당장 119에 전화할게."

"그러는 게 좋겠어."

"역시 형범이는 정의의 사나이야."

기웅이와 진우가 이때다 싶어 얄밉게 형범이를 추켜세우지 뭐야. 내가 손을 저으며 말했어.

"유기견신고센터에 전화해야지. 전화번호는 110이야."

"오! 그런 것까지 알고 있어? 달모 너, 다시 봤어."

뜻밖에도 채름이가 날 칭찬했어. 나는 표현은 안 했지만 기분이 붕 떠올랐어. 그러자 형범이가 멋쩍은 듯 끼어들었어.

"아! 110이었구나. 채름아, 내가 바로 전화해 볼게."

다행히 통화가 되었는지 형범이는 마치 자기가 개를 구한 것처럼 요란하게 상황을 설명했어. 통화가 끝나고 얼마 뒤 진짜 구조대가 와서 개를 데리고 갔어. 우리는 대원들로부터 칭찬받고 돌아섰어. 대뜸 저만치 가던 채름이가 돌아서서 내게 말했어.

"은달모! 정말 고마워. 네 덕분에 빨리 집에 갈 수 있겠어."

“응. 잘 해결돼 다행이야.”

나는 기분이 좋아 싱글벙글 웃음이 나왔어. 그런 우리 둘을 형범이가 못마땅하게 흘깃거렸지만 나는 보란 듯 어깨를 으스대며 앞장서 나갔어. 이 순간보다 더 기분 좋은 일은 없을 것 같았어.

갯벌 축제에 가면서 생긴 일

오늘은 아침부터 마음이 들떴어. 전부터 계획한 가족여행을 떠나는 날이거든. 학교 갈 땐 엄마가 깨워야 일어나는데, 이른 아침부터 눈이 저절로 뜨이지 뭐야. 우리는 바쁘게 짐을 챙겨 차에 실었어.

"자, 모두 준비됐지? 이제 떠나 볼까?"

"아빠, 빨리 가자!"

나는 아빠를 재촉했어. 우리는 음악을 들으며 신나게 출발했지. 내가 목청껏 노래를 따라 부르자 엄마, 아빠도 콧노래를 흥얼거렸어. 오늘은 서해 바다에서 하는 갯벌 축제에 가. 조개랑 주꾸미를 잡고, 여러 행사도 참여할 거야. 엄마는 개흙으로 머드팩을 할 거

라며 들떠 있었어. 고속도로를 한참 신나게 달린 끝에 국도로 접
어들었어. 목적지에 가까워지자 점점 차가 밀리기 시작했어.

"아우, 왜 이렇게 길이 막히지?"

"우리처럼 축제에 가는 사람들이 많은가 보다."

내 불평에 아빠가 말했어. 좀처럼 길이 뚫리지 않아 차는 가다
서다를 되풀이할 뿐이었지. 그러던 순간이었어.

"어? 차가 왜 이래?"

아빠가 말하기 무섭게 차는 푸릉푸릉, 덜컥덜컥하더니 그만 멈

춰 버렸어. 다시 시동을 걸어 봐도 소용없었어.

"차에 문제가 생긴 것 같은데?"

결국 아빠는 차에서 내려 앞쪽으로 갔어. 조급한 마음에 나도 따라 내렸어. 아빠가 자동차 보닛을 열자 엔진에서 검은 연기가 막 피어오르지 뭐야.

"어디가 단단히 고장 났나 봐. 뭘 알아야 말이지……."

아빠는 허둥대기만 할 뿐 해결책을 찾지 못했어.

"빵빵!"

차들이 밀리면서 뒤에서 막 경적을 울려 댔어. 엄마도 걱정스러운 표정으로 달래를 안고 내렸어. 아빠는 차 뒤쪽에 허둥지둥 안전 삼각대를 세우고는 보험회사에 연락했어. 우리 차 옆으로 다른 차들이 겨우 비켜 지나갔어. 더러 창문을 열고 화를 내는 사람들도 있었지. 아빠는 시뻘게진 얼굴로 꾸벅꾸벅 인사하기 바빴어.

"에휴, 이게 무슨 일이야."

엄마는 다시 차에 탔고, 나는 발만 동동 굴렀어. 견인차가 오기만을 목을 빼고 기다리는데 낯선 차 한 대가 우리 옆에 멈춰 섰어. 창문이 스르르 내려가더니 익숙한 얼굴이 보이는 거야.

"야! 은달모 여기서 뭐하냐?"

난 화들짝 놀랐어.

"엇! 김형범……."

난데없이 형범이가 얼굴을 내밀었어.

"우리 갯벌 축제 가는데, 너도 거기 가냐?"

"으응……."

"근데, 너희 차 고장 났나 보다. 응?"

"네가 무슨 상관이야?"

형범이가 빙글거리며 묻는 말에 나는 발끈하며 대꾸했어. 형범이가 탄 차는 크고 번쩍번쩍 빛났어. 앞쪽 창문도 내려가더니 형

범이네 엄마와 아빠가 내다봤어.

"우리 형범이 반 친구였군요. 뭐 도와드릴까요?"

"아, 아닙니다. 보험사를 불렀어요. 뒤에 차 밀리니 먼저 가세요."

형범이 엄마 말에 아빠가 대답했어.

"그럼 먼저 가 보겠습니다."

그러고는 횡하니 지나갔어.

"아우, 하필 형범이를 만날 건 뭐냐고! 다 소문낼 텐데."

원수는 외나무다리에서 만난다는 속담이 떠올라 나는 한숨을 푹푹 쉬었어.

"거 참……."

아빠는 멋쩍은 얼굴로 입맛만 쩝쩝 다셨어.

그날, 우리는 끝내 축제에 못 갔어. 길이 너무 막히는 탓에 한참 뒤에 견인차가 왔고, 빠져나가는 데도 시간이 오래 걸렸지 뭐야. 게다가 정비 공장에 수리할 차들이 밀려 있어 지겹도록 기다려야 했고, 수리하는 데도 시간이 많이 걸려 그날 하루를 몽땅 다 까먹었거든. 해가 지고 나서야 겨우 수리를 마친 우리 식구는 투덜거리면서 집으로 돌아왔어.

솔직히 축제에 못 간 아쉬움보다 형범이를 만난 게 더 마음에 남았어. 학교에서 오늘 일을 죄다 떠벌릴 형범이를 떠올리니 가슴이 답답해져 나는 밤늦게까지 뒤척거렸어.

다음 날, 아침부터 기분이 뒤죽박죽이었어. 꿈속에 어제 일을 놀리는 형범이가 나왔거든. 벌렁거리는 마음으로 학교에 도착해 교실로 들어서는데 형범이가 대뜸 말을 걸었어.

"은달모! 너 갯벌 축제 왔었냐? 아무리 찾아도 안 보이던데?"

"으응, 가, 갔지……."

더듬거리며 거짓말했어. 형범이는 피식 웃더니 반 아이들에게 큰 소리로 말했어.

"얘들아, 웃기는 이야기 하나 해 줄게!"

"뭔데?"

아이들이 형범이를 둘러쌌어. 난 눈앞이 아득해졌어.

'제발 어제 그 이야기만은 하지 마, 김형범!'

난 속으로 간절히 빌었어.

"어제 말이야. 우리 식구가 갯벌 축제에 갔거든."

"응. 그래서?"

눈을 질끈 감았어. 아니나 다를까 결국 걱정하던 일이 터졌어. 형범이는 어제 있었던 일을 흥미진진하게 말했고 아이들은 귀를 쫑긋 세우고 들었지. 고속도로에서 나와 마주쳤던 이야기가 나올 즈음, 난 자리에서 벌떡 일어나 교실 밖으로 나가려 했어. 그런데 형범이가 뒷덜미를 낚아채지 뭐야.

"야! 은달모. 너 어디 가?"

"뭔 참견이야? 화장실 간다. 왜?"

"지금부터 이야기가 더 재밌어 지는데 하필 이때 화장실에 간다고? 빨리 갔다 와. 네가 오면 다시 이야기할게!"

형범이는 팔짱을 끼곤 실실 웃으며 말했어. 난 한숨을 쉬며 서

둘러 화장실로 갔어. 문을 꼭 잠그곤 얼른 도깨비방망이를 꺼내 가슴에 댔어.

"전에 내 양말에 구멍 났다고 형범이가 놀리던 기억, 코딱지 파다가 형범이한테 들켜 창피당했던 기억 모두 다 줄게. 그러니 어제 일을 형범이가 엉뚱하게 말하게 해 줘. 도깨도 깨비깨 비도비!"

온갖 기억을 떠올리며 주문을 외우고 문을 여는데 반 친구 한

명이 문 앞에 서 있었어.

'설마 내 말을 듣지는 않았겠지?'

가슴이 덜컹했지만 아무렇지 않은 척 교실로 갔어. 교실로 들어서자 형범이가 기다렸다는 듯 다시 말을 이었어.

"갯벌 축제 가는 길에 달모네를 만났지 뭐야."

"그래서 어떻게 됐어?"

기웅이가 궁금하다는 듯 재촉했어. 나는 이를 앙다물고 주머니 속 도깨비방망이를 바짝 움켜잡았어.

"그게 말이야……."

그런데 형범이가 고개를 갸웃거리며 말을 잇지 못하는 거야.

"그래서 뭐야? 빨리 말해 보라니까."

듣고 있던 아이들이 보챘어.

"이상하네? 왜 갑자기 할 말이 생각 안 나지. 아우, 뭐였더라?"

나는 가슴이 마구 뛰었어. 이번에도 도술이 통한 걸까?

"아우, 답답해. 왜 말을 못해?"

"나도 답답해 죽겠다고. 왜 기억이 안 나냐고. 뭐더라?"

아이들이 보챘지만, 형범이는 제 머리카락을 마구 헝클어트릴 뿐 말하지 못했어.

"달모네를 만나서 되게 웃기는 일이 벌어졌는데 뭐였더라?"

나는 마른침을 꼴깍 삼켰어. 형범이는 머리를 쥐어짜며 포기하지 않고 더듬더듬 기억을 떠올렸지. 그러다 손가락을 튕기며 소리쳤어.

"맞다! 생각났어."

"엉? 그럼 계속해 봐."

제자리로 돌아가려던 아이들이 다시 형범이를 보챘어.

"그러니까 어제 갯벌 축제 가는 길에 우연히 달모네를 만났거든. 근데 갑자기 우리 아빠 차가 시커먼 연기를 내며 서 버렸지 뭐야. 뒤에서는 차들이 빵빵거리며 화를 내는데 창피해 죽는 줄 알았어. 그 모습을 달모 쟤한테까지 들킬 게 뭐냔 말이야. 진짜 창피했어."

"키히히, 창피했겠다."

"맞아. 어떻게 그런 일이 다 생기냐?"

아이들이 모두 웃었어. 기웅이는 이상하다는 듯 말했지.

"야, 형범아. 창피하게 뭐 그런 이야기를 다 하냐. 더구나 달모 쟤하고 있었던 이야기인데?"

"응? 어때서? 그러니까 내가 어제 그 모습 보고는 고소했다니까. 우리 차가 고장 나서 멈춘 게. 어? 이게 아닌데? 내가 왜 이렇게 말하지?"

형범이는 홍당무가 된 얼굴로 자꾸만 엉뚱한 말을 했어.

"그러니까 달모, 아니, 우리 차가 고장 나서 그 많은 사람한테 창피당하는 게 고소했다니까! 아니지, 내가 왜 자꾸 이렇게 말하는 거야?"

형범이가 자기 머리를 쥐어뜯었어.

"혀, 형범아……."

반 아이들은 이상한 모습을 보이는 형범이 표정을 살폈어. 형범이가 대뜸 날 향해 소리를 질렀어.

"야, 은달모! 왜 너하고만 얽히면 일이 이상해지냐, 엉? 이 도깨비 같은 녀석아!"

형범이는 얼굴이 빨개진 채 씩씩거렸어. 모두가 그런 형범이와 나를 번갈아 보기만 했어. 나는 너무나 통쾌했어.

형범이의 생일 초대장

1교시가 끝나고 쉬는 시간이 되었어.

"애들아, 모여 봐! 내가 줄 게 있으니까!"

형범이가 교실 앞으로 나가더니 큰 소리로 말했어.

"응? 뭔데? 뭐야?"

아이들이 우르르 형범이한테 몰려들었어.

"짜잔!"

형범이는 마술사 흉내를 내며 가방에서 큼직한 봉투 하나를 꺼 냈어.

봉투를 열자 작고 예쁜 카드가 가득 들어 있었어.

"자, 받아. 채름이 너부터 줄게. "

형범이는 채름이한테 카드를 덥석 쥐여 주었어.

"그다음에는 내 친구 기웅이하고 진우."

기웅이와 진우도 눈을 크게 뜨고 그 카드를 받아서 펼쳤어.

"이게 뭐야?"

"와! 생일 초대장이잖아!"

기웅이와 진우 말에 형범이가 싱글벙글 웃으며 대답했어.

"응, 일요일이야. 버거빅뱅 알지? 거기서 할 거야."

"아싸! 신난다. 맛있는 거 많이 먹어야지. 히히."

기웅이가 입맛을 다셨어.

"엄마가 우리 반 애들 모두 초대하래. 먹고 싶은 거 다 사 주기로 약속했거든. 자, 너희들도 받아."

형범이는 누구 할 것 없이 초대장을 주었어.

"미리 생일 축하해."

"나도 줘."

"나도! 나도!"

여기저기서 반 아이들이 손을 내밀었어. 다들 초대장을 받아 들고 싱글벙글 웃었어. 나도 초대장을 받으려고 형범이 앞으로 다가갔어. 형범이는 초대장을 주려다가 내 얼굴을 보고는 초대장을 도로 가져갔어. 그리고 봉투를 딱 닫아서 가방에 넣는 거야.

"야! 나는 왜 안 줘?"

내가 손을 내밀며 물었어.

"주고 싶은 사람한테만 주겠다는데 뭔 상관이냐?"

"방금 너희 엄마가 우리 반 애들 다 초대하라고 했다면서? 근데 난 왜 빼냐고?"

"주고 안 주고는 내 마음이지. 아무튼 네 건 없다."

형범이가 고개를 휙 돌렸어.

"치사하게. 그래 안 받는다, 안 받아. 누군 생일 없냐? 칫!"

나는 반 아이들 다 보는 데서 따돌림당한 것 같아 너무 속상했어. 그런 나는 보이지도 않는지 아이들은 형범이를 둘러싸고 받고 싶은 선물을 물어보기도 하고, 어떤 음식이 좋을까 이야기 나누었어. 속으로 내 생일날을 떠올려 보았어. 생일이 되려면 한참 남았지 뭐야.

"짜증나. 못 참겠네 정말!"

난 몸이 뜨거워져 복도로 나와서는 씩씩거렸어. 그깟 초대장이야 주든 안 주든 상관없지만 따돌림당한 것은 참을 수 없었어. 번뜩 도깨비방망이가 머릿속에 떠올랐어.

바로 화장실로 가서 문을 단단히 걸어 잠그고 도깨비방망이를 꺼냈어. 아무래도 이번에는 기억을 많이 줘야만 할 것 같아서 이런저런 기억을 더듬었어.

"전에 형범이가 반장에 뽑혀 우쭐대던 일, 만들기를 잘해서 상 받고 자랑하던 일, 또 미국에 사는 삼촌이 생일 선물로 장난감을 보내왔다고 자랑하던 일, 그 기억들 모두 줄게. 형범이가 나한테도 생일 초대장을 주게 해 줘! 그리고 내일이 되면 형범이가 그 일을 까맣게 잊게 해 줘. 도깨도 깨비깨 비도비!"

나는 복수심에 불타 주문을 외웠어. 그리고 조용히 교실로 들어왔어.

도술이 통하기를 기다리고 있는데 2교시가 끝난 뒤, 형범이가 갑자기 나한테 오는 거야.

"저기, 은달모. 생각해 봤는데, 내가 속이 좁았던 것 같아. 너한

테도 초대장 주려고 하는데 받아 줄래?"

그러면서 머쓱한 얼굴로 초대장을 불쑥 내미는 거야.

'됐다!'

속으로 옳거니 싶었어. 이번에도 어김없이 도술이 통했던 거

야. 나는 시치미를 뚝 떼며 시큰둥하게 대꾸했어.

"왜? 나만 쏙 빼놓더니 마음이 바뀐 거냐? 난 아무렇지도 않으니까 안 줘도 돼."

"아니야. 아까는 미안했어. 정식으로 초대할게. 자, 초대장 받아."

형범이는 큰 잘못이라도 한 것처럼 조심스럽게 내게 초대장을 건넸어. 기웅이와 진우 그리고 철민이가 휘둥그레진 눈으로 형범이와 날 번갈아 쳐다보았어.

"김형범, 왜 그래? 달모한테까지 줄 필요 없잖아?"

"정말 왜 그래. 형범아?"

진우하고 기웅이가 믿기지 않다는 듯 형범이한테 말했어.

"생일 축하 많이 받아서 나쁠 것 뭐 있냐? 헤헤……."

형범이는 머리를 긁적이며 쑥스럽게 말했어.

"와! 형범아, 다시 봤어. 그렇게 마음이 넓은 줄 몰랐어. 정말 보기 좋아."

채름이가 불쑥 나서서 형범이를 칭찬했어.

"형범이가 마음을 고쳐먹었나 봐. 이제 너랑 친하게 지내자는 거 아니야? 화해하자는 뜻으로 초대장 준 거네. 달모 너도 받아 줘라. 응?"

철민이가 마치 제 일이라도 되는 것처럼 말했어. 못 이기는 척 내가 대답했어.

"좋아, 받을게. 그럼, 일요일에 나도 생일파티에 간다."

나는 초대장을 챙겨 넣으며 말했어. 형범이도 마음이 놓이는지 그제야 웃었어. 나도 의미심장하게 따라 웃었지.

다음 날이 됐어. 과연 어떤 일이 벌어질지 궁금한 마음에 한달음에 학교로 왔어. 시간이 지나자 형범이가 기웅이, 진우와 함께 들어오는 거야. 기다렸다는 듯 내가 말을 걸었어.

"이제 오냐? 네 생일파티에 가는 게 설레서 잠도 설쳤다. 혹시 받고 싶은 선물 있어?"

내 말에 형범이가 얼굴을 찌푸리고 눈을 뒤룩뒤룩 굴리며 되묻는 거야.

"무슨 소리야? 누가 너한테 선물 받고 싶대?"

그러면서 어이없다는 듯 콧방귀까지 뀌었어. 형범이 말소리가 얼마나 컸던지 다른 애들도 우리 쪽을 돌아봤어.

"혀, 형범아. 왜 그래? 달모가 생일 선물 준다는데?"

"그래. 가지고 싶은 거 있으면 말해."

이번에는 진우하고 기웅이가 형범이한테 말했어. 그 말에 형범이가 버럭 소리를 질렀어.

"야! 너희들 왜 이래? 달모하고 나, 사이 안 좋은 거 모르냐? 어제 재한테만 생일 초대장 안 주는 거 너네도 봤잖아!"

기웅이하고 진우는 어이가 없어 말을 잇지 못했어. 그때 채름이가 나섰어.

"김형범! 지금 장난해? 달모 놀리는 거야? 어제 분명히 달모한테 초대장 줘 놓고 이제 와서 딴소리야?"

"채름이 너까지 왜 그래? 내가 언제 달모한테 초대장 줬다는 거야? 달모만 빼놓고 초대장 돌린 거, 우리 반 애들 다 봤다고. 야! 너희도 다 봤지?"

채름이 말에 형범이는 흥분한 목소리로 말하며 모두를 휘휘 둘러보았어. 그 모습에 다들 얼굴을 찌푸렸어.

"응. 네 말이 틀렸어! 네가 분명 달모한테 초대장 주는 거, 우리가 다 봤는데? 안 그래, 애들아?"

철민이가 모두에게 물었어.

"철민이 말이 맞아. 우리 다 봤는데?"

"나도!"

"형범이 너 기억 못 해?"

96

반 아이들 모두가 철민이 말에 고개를 끄덕였어.

"내가 언제!"

얼굴이 시뻘겋게 된 형범이가 소리를 꽥 질렀어. 채름이가 싸늘하게 형범이를 째려봤어.

"김형범! 어제 너 다시 봤었는데, 진짜 실망이다. 그런 식으로 달모 놀리면 기분 좋아? 응?"

잘못을 따지는 채름이를 응원하듯 다들 고개를 끄덕였어. 형범이가 아주 울상이 되어 방방 뛰는 거야.

"야야, 채름아. 너 진짜 왜 그래? 아니, 너희들도 내가 언제 달모한테 초대장 줬다고 그래? 난 그런 적 없다고!"

"그럼 이건 뭐냐?"

나는 가방에서 초대장을 꺼내 형범이 코앞에다 들이밀었어.

"이렇게 주고도 모른 척하는 거야? 뻔뻔하다!"

"그래, 형범이 네가 준 초대장이잖아."

내 말에 다른 아이들이 더 크게 목소리를 높였어. 형범이는 금방이라도 울음을 터뜨릴 듯한 얼굴로 내가 꺼낸 초대장을 들여다보기만 했어.

"난 진짜로 기억이 안 난다고……."

믿을 수 없다는 듯 고개를 푹 숙이고서 형범이가 말했어.

"너처럼 나쁜 애 생일파티에 가고 싶지 않아. 자, 돌려줄게."

"나도! 나도 안 가."

채름이가 어제 받았던 초대장을 던지듯 형범이한테 돌려주었어. 덩달아 송지와 다른 아이들도 초대장을 돌려주었어.

"어떻게 이런 일이 일어나냐고? 흑흑흑……."

형범이가 눈물을 흘렸어. 나는 신나 날아갈 것만 같았어. 도깨비방망이만 있으면 무엇도 겁낼 게 없으니까. 집으로 돌아오는 내내 웃음이 멈추지 않았어.

내가 주인공이 될 거야

어느덧 한가위가 찾아왔어. 오랜만에 시골 할머니 댁에 온 친척들이 다 모였지.

"내려오느라 애썼어야."

"에구구, 우리 강아지 오는겨?"

우리 식구가 들어서자 할아버지는 하회탈같이 웃으셨고, 할머니도 빠르게 달려 나와 맞이해 주셨어. 늘 그렇듯 할머니는 날 와락 껴안고 엉덩이를 토닥토닥 두들기셨어. 난 할머니한테 오래오래 안겨 있고 싶었어. 그런데 할머니가 날 떼어 놓더니 어디론가 가는 거야.

"에구, 우리 이쁜 공주 달래야. 어디 얼굴 좀 보자."

나를 두고 엄마 품에 안겨 있는 달래를 안으셨어. 할머니를 시
작으로 온 친척이 달래한테 모여들지 뭐야.

"나도 좀 안아 보자!"

"어디 그새 얼마나 자랐나?"

모두 나를 지나쳐 달래에게로 갔어. 서로 달래를 안으려고 하
고, 나한테는 관심도 없었어. 할머니 품에 안겨 있던 달래가
꺄르르 웃으니까 모두 난리가 났어.

"아이구 우리 예쁜 달래!"

달래를 보며 모두가 즐거워했어. 그럴수록 달래가 더 얄미워져서 괜히 달래를 흘겨봤어.

차례를 모두 지낸 뒤, 집 안에 웃음꽃이 피었어. 아이들의 장기 자랑 시간이 펼쳐진 거야.

"얍! 얍!"

태권도 검은 띠인 사촌 형은 태권도 품새를 멋지게 선보였고, 사촌 누나는 가지고 온 바이올린을 능숙하게 연주해 박수를 많이 받았어.

"달모는 3학년이 돼서 의젓해진 것 같구나. 근데 달모는 뭘 잘할까?"

삼촌이 날 돌아보며 물으셨어. 난 우물쭈물했어. 뭘 잘하는지 나도 잘 몰랐거든.

"그래, 다음엔 꼭 달모도 자랑거리 보여 줘라, 알겠지? 그건 그렇고 우리 달래는 뭐가 자랑일까?"

삼촌이 내 머리를 한 번 쓰다듬고는 다시 달래한테 관심을 보이는 거야.

"달래는 잘 웃는 게 자랑이야."

"잘 먹는 모습이 최고 자랑거리인데?"

"그냥 달래의 모든 것이 다 자랑거리지 뭐."

모두가 한마디씩 했어. 달래가 태어나기 전에는 모두 나만 예뻐했는데 은근히 심술이 났어. 자꾸만 스멀스멀 화가 치밀어 올랐지. 오늘만큼은 도깨비방망이를 쓸 일이 없을 거라 여겼는데, 딴 마음이 생기는 거야. 나만 자랑거리를 못 보여 준 게 자존심 상했거든.

'그래, 난 주인공이야. 오늘도 주인공이 될 거야!'

속으로 외치고 화장실 가는 척하면서 슬쩍 마당으로 나와 뒤뜰로 갔어. 그리고 주머니에서 도깨비방망이를 꺼냈어.

"그동안 달래 기저귀 갈아 준 기억, 그러다가 실수로 손에 응가

를 묻힌 기억, 잠자는 달래 얼굴에 붙은 파리를 잡으려다 달래가 깨는 바람에 혼났던 기억, 그 기억 다 줄 테니 오늘은 내가 가장 관심을 많이 받게 해 줘. 도깨도 깨비깨 비도비!"

기억들을 주르르 떠올리며 주문을 외우고 다시 방으로 들어갔어. 갑자기 나를 보고 사촌 형이 물었어.

"달모야, 학교생활 재밌어? 친구는 많아?"

"응, 정말 재밌어. 우리 반에서 내가 가장 인기 많아."

이번에는 사촌 누나가 물었어.

"달모야, 동생 생기니까 심심하지 않고 좋지?"

"응, 근데 아직 내가 오빠인 줄 모르는 것 같아. 내가 조금만 큰 소리 내도 그냥 울어 버려."

내가 입을 비죽이며 푸념하자 옆에 있던 숙모가 말했어.

"아직 어려서 그래. 달래가 크면 잘 따를 거야. 그러니까 오빠 역할 잘해야 한다. 그러려면 먼저 모든 면에서 바른 모습을 보여야 해. 알겠지?"

"네!"

나는 부러 크게 대답하고 이때다 싶어 다시 말했어.

"그런 뜻에서 저도 개인기 하나 할게요. 달래한테 멋있는 모습을 보여 주고 싶어요."

"그래? 그거 반가운 소리다. 그럼 어디 한번 해 봐."

아빠가 기대에 찬 눈빛으로 나를 바라봤어. 덩달아 식구 모두가 호기심 어린 눈길을 내게 모았어. 난 속으로 이 기회에 식구들에게 인정받아야겠다고 생각했어. 요새 인기 최고인 가수 '히어로뿜뿜'의 노래를 불렀어.

"내 얼굴, 내 말투, 내 뒤태, 나는 나만의 나라네! 으쌰으쌰!"

"하이고, 우리 달모 가수해도 되겠어야."

내 노래에 할머니가 칭찬하며 웃으셨어. 나는 신나서 마구 몸을 흔들며 춤췄어. 온 친척이 박수를 치며 날 칭찬했어.

"우리 달모 최고다. 호호호."

큰엄마도 나를 칭찬했어. 나는 기분이 날아갈 것 같아서 더 크게 목청을 높여 노래 부르며 방 안을 마구 휘저었어.

"으아앙!"

내가 너무 요란을 떨어서인지 달래가 놀라서 울음을 터트렸어.

"어이쿠! 달래 우네. 달모야, 너 개그맨 흉내도 낼 줄 아냐? 흉내 내서 얼른 달래 웃겨 봐라, 응?"

"좋아요!"

삼촌이 부추기자 나는 요즘 한창 뜨고 있는 개그맨 흉내를 냈어.

"와하하하, 호호호."

집 안이 온통 웃음바다가 되었어.

"큼큼, 이게 무슨 냄새야?"

느닷없이 사촌 형과 누나가 코를 벌름이며 두리번거렸어. 엄마
가 멋쩍은 얼굴로 말했어.

"에코, 우리 달래 응가했나 보다."

엄마가 달래 기저귀를 벗기자 노란 응가가 보였어.

"우웩! 달래야, 넌 분위기 파악도 못 하냐?"

내가 코를 막고 쏘아붙이자 엄마가 꾸짖었어.

"인석아, 달래 똥은 더러운 게 아니야. 달래 응가하는 거 날마
다 보면서 호들갑이야 호들갑은?"

"아닌데? 처음 보는데? 엄마, 빨리 기저귀 갈아 줘."

그 말에 엄마가 눈을 크게 뜨고 날 쳐다봤어.

"어제도 네가 기저귀 갈아 줬잖니? 기억 안 나?"

"그런 기억 없는데? 달래 응가하는 건 처음 본다니까?"

엄마가 계속 말해도 나는 기억나지 않았어.

"달모, 이 녀석! 너 오늘 아주 관심받으려고 마음먹었구나. 그
렇지만 거짓말은 하면 안 된다."

아빠도 정색하며 말하는 거야. 나도 웃으려고 한 말이 아니라
서 다시 대꾸했어.

"내가 언제 거짓말했다고 그래? 진짜 기억에 없으니깐 없다고 하는 거지."

너무 억울해서 목소리가 떨렸어.

"너 왜 자꾸 이상한 행동해?"

엄마까지 날 몰아세웠어. 더는 참지 못하고 나는 고래고래 소리를 질렀어.

"도대체 나한테 왜 그래? 난 있는 그대로 말했을 뿐이라고!"

흥겹던 분위기가 순식간에 썰렁해졌어. 할머니가 나섰어.

"그랴 그랴. 우리 강아지 달모한테 다들 왜 그랴? 오늘은 네가 최고다. 우리 달모 재롱떠는 거 보니 이 할미는 원 없어야."

할머니가 날 치마폭으로 감싸 주셨어. 나는 할머니 품에 폭 안겼어. 어쨌거나 그날은 소원대로 내가 가장 관심을 많이 받았어. 난 세상 그 무엇도 부럽지 않은 주인공이 된 것 같았지. 엄마, 아빠는 나처럼 기쁜 표정은 아니었어. 어쩐지 내 행동을 자꾸 살피는 듯했어.

그날 저녁, 집으로 돌아와 저녁을 먹고 난 뒤였어. 막 내 방으로 들어가려는데 아빠가 나를 불렀어.

"달모야, 우리 이것 좀 같이 볼까?"

아빠가 책장 윗칸에 꽂혀 있던 두툼한 앨범을 꺼냈어.

"이 속에 우리 달모 모습이 고스란히 담겨 있지."

엄마가 앨범을 받아서 펼쳤어. 처음에는 시큰둥했는데 엄마가 가리키는 사진에 눈이 번쩍 뜨였어.

"달모 아기 때 모습이야."

"엥? 이렇게 작은 애가 나라고?"

"그럼. 사랑하는 우리 달모지."

"응가하고 있는 이 아이가?"

"달모 맞아. 엄마는 시원하게 응가하는 우리 달모가 그렇게 예쁠 수가 없었어."

"에이, 창피하게."

엄마 아빠가 웃었어.

"이렇게 사진으로 남겨 두지 않으면 우리 달모와 함께했던 소중한 추억을 잊어버릴 수도 있겠지. 달모가 달래 응가하는 모습을 기억 못 하는 것처럼."

"우리 달모 어릴 적 모습 들여다보고 있으니 새삼스럽네. 추억은 정말 아름다운 거야."

아빠 말에 엄마도 예전 일을 돌이키며 빙긋이 웃음 지었어. 난 어쩐지 마음이 텅 빈 것만 같았어. 꼬마도깨비에게 넘긴 기억은 어떤 것이었을까? 내 생각보다 소중한 것은 아닐까? 자꾸만 찝찝

하지 뭐야. 난 그 앨범 속 사진을 모두 보고 난 뒤 내 방으로 건너와 생각했어. 엄마 아빠는 여전히 날 사랑하고 있었어. 동생 달래만 챙기는 게 아니라 나랑 달래를 똑같이 사랑한다는 걸 그제야 깨달았지. 그런 생각이 들자 동생 달래한테 좀 미안해졌어.

그날 밤, 꿈속에서 꼬마도깨비를 만났어. 신비한 풍경의 산속을 헤매고 있는데 저 멀리 꼬마도깨비가 보였어. 손에는 알록달

록 무지갯빛 주머니를 든 채로 말이야. 꼬마도깨비는 싱글빙글
웃으며 자랑하듯 내게 그 주머니를 흔들어 보이지 뭐야.

"앗! 내 기억 주머니!"

나는 그렇게 외치며 발을 동동 굴렀어. 그런 내 모습에도 아랑
곳 않고 꼬마도깨비는 점점 멀어져 가더니 어느새 눈앞에서 사라
지고 없었어.

혼자가 된 왕

학교를 마치고 집으로 가는데 저만치 앞에 형범이네 삼총사가 걸어가는 게 보였어. 그전 같으면 제발 뒤돌아보지 말았으면 하고 마음을 졸였을 거야. 심심하면 셋이서 내게 시비를 걸곤 했거든. 이제는 하나도 겁나지 않았어. 나한텐 도깨비방망이가 있으니까. 난 자신 있게 삼총사를 불러 세웠어.

"야, 김형범! 한기웅! 장진우!"

형범이가 뒤돌아보더니 나를 보고 흠칫 놀랐어. 기웅이와 진우도 잔뜩 경계하는 눈빛이었어. 형범이가 더듬거리며 말했어.

"왜, 왜. 무슨 일인데?"

"너희들 떡볶이 같이 안 먹을래? 내가 쏠게."

내 말에 다들 눈이 휘둥그레졌어. 다른 속셈이 있다고 여기는 것 같았지만 나는 진심이었어. 몇 번이나 도술로 혼내 준 형범이가 조금 안됐기도 해서 좋은 일 한번 하려고 했거든.

"은달모! 이번엔 또 무슨 꿍꿍이야? 다시는 너하고 엮이기 싫으니까 앞으로 아는 척하지 마!"

"너나 실컷 먹든지!"

"가자!"

형범이가 지레 겁먹은 투로 잘라 말하자 둘도 맞장단을 놓았어. 그러곤 뒤도 안 돌아보고 가 버리는 거야.

"키히히, 완전 겁쟁이잖아."

난 신나서 웃음이 나오면서도 어쩐지 마음 한구석은 쓸쓸했어. 삼총사가 가고 나자 혼자 남겨진 기분이었거든.

"자식들, 단단히 졸았네. 너희들 아니면 놀 친구 없을 줄 알고?"

말은 그렇게 했지만 사실 아무도 없었어. 그러다 지난번 철민이와 같이 즐겁게 놀았던 기억이 났어. 또 도술을 부려 철민이 엄마에게 허락받고 놀고 싶었어. 놀이터에서 철민이를 기다렸어. 학원에 가려면 이 놀이터를 지나야 하거든. 조금 뒤 철민이가 오는 게 보였어.

"철민아! 같이 놀자."

나는 반가워서 소리쳤어.

"오늘은 안 돼! 엄마한테 허락도 안 받았어."

철민이가 단호하게 잘라 말하지 뭐야.

"왜? 너희 엄마가 지난번처럼 허락해 줄 수도 있잖아?"

"지난번 너하고 놀았던 날, 집에 가서 엄마한테 엄청 혼났어."

"아니 왜? 엄마가 허락하셨잖아?"

"나도 그런 줄 알았지. 근데 집에 가니까 엄마가 허락한 적 없다면서 펄쩍 뛰는 거야."

"이랬다저랬다 왜 그러신대? 통화할 때 옆에서 나도 들었는데 분명 허락하셨어."

철민이는 뜸을 들이다 무언가 결심한 듯 표정을 굳히고 말했어.

"달모야, 미안한데 이제 너랑 못 놀 것 같아. 그동안 일을 쭉 돌

이켜 봤는데 너랑 있으면 자꾸 이상한 일이 생겨. 도깨비한테
홀린 것처럼 말이야. 미안해."

가슴이 덜컥 내려앉았어.

"너까지 왜 그래?"

"그만 가 볼게."

철민이는 빠르게 학원으로 가 버렸어. 혼자 놀이터에 우두커니
서서 멀어지는 철민이 뒷모습만 지켜봤어. 둘도 없는 친구 철민
이가 오늘처럼 차갑게 느껴진 적은 없었어.

"도깨비한테 홀린 것 같다고? 지난번 형범이한테서도 도깨비 같다는 말을 들었는데⋯⋯ 혹시 다들 눈치챈 걸까? 설마?"

나는 혼잣말로 중얼거렸어. 도술을 부리며 하루하루가 신났는데 일이 점점 이상하게 돌아가는 느낌이 드는 거야. 불안한 마음은 쉽게 가라앉지 않았어.

'별일 아닐 거야.'

나는 고개를 살짝 젓고는 철민이 말고 같이 놀 다른 애를 떠올렸어.

"그렇지, 채름이!"

채름이 얼굴이 딱 떠올랐어. 전부터 채름이하고 점핑붕붕을 타 보고 싶었는데 이번이 기회다 싶었어. 나는 채름이가 다니는 학원 앞에서 기다렸어. 조금 있으니 채름이랑 송지가 함께 나왔어. 둘이 같은 학원에 다닌다는 걸 그제야 알았어.

"채름아! 송지야!"

내가 반갑게 손을 흔들며 부르자 둘은 어리둥절한 얼굴로 나를 쳐다봤어. 채름이가 먼저 입을 열었어.

"달모, 네가 어쩐 일이야?"

"학원 끝났어?"

"응. 근데 왜?"

"너희들 나랑 점핑붕붕 타지 않을래? 돈은 내가 낼게. 삼촌하고 고모가 용돈 많이 주셨거든."

주머니에서 돈을 꺼내 보여 주려는데 채름이와 송지가 고개를 가로저었어.

"미안한데 거절할게."

"나도 너랑 놀 생각 없어."

"왜? 학원 수업도 끝났으니까 놀 수 있잖아. 철민이도 그렇고 너희들도 그렇고 왜 다들 싫다고 해?"

나는 한숨을 내쉬며 구시렁거렸어.

"그게……."

잠깐 망설이던 채름이가 생각지 못한 말을 했어.

"은달모, 너 이상한 소문 도는 거 알아?"

"그게 무슨 말이야?"

"다들 너하고 같이 있으면 이상한 일이 생긴대. 처음에는 무슨 소리지 싶었는데 곰곰이 생각하니까 진짜 그런 거 같아. 형범이하고 얽힌 일도 그래. 킹왕짱이 똥맨으로 바뀐 일, 갯벌 축제 이야기할 때 생긴 일, 생일 초대장 나눠 줄 때 있었던 일, 다 기억나지?"

"그게 나랑 무슨 상관이야?"

나는 뜨끔했지만 모른 척했어.

"우연이라기엔 너무 이상하지 않아? 어떻게 그런 말도 안 되는 일이 계속 벌어지냐고?"

채름이가 자꾸 따져 물었어.

"내가 아무리 형범이랑 사이가 안 좋아도 그런 일들과 나를 연결시키는 건 너무하지 않아?"

내가 목소리를 높여 이야기하자 가만히 듣고 있던 송지까지 거들었어.

"아니, 나도 채름이 말처럼 달모 네가 이상하다고 느꼈어. 그리고 네가 수상한 행동하는 거 누가 봤대. 형범이가 갯벌 축제 이야기하던 날 말이야."

"그, 그게 무슨 소리야?"

난 침을 꼴깍 삼켰어.

"그날, 누가 화장실을 지나치다 안쪽에서 이상한 소리가 나서 가 봤더니 달모 네가 혼자서 이상한 주문을 외우더래."

"맞아. 그러고 보니 무슨 일 생길 때마다 화장실에 갔어."

채름이도 맞장구쳤어.

"화장실이야 언제든 갈 수 있고 혼잣말도 할 수 있지."

나는 심장이 철렁 내려앉아 채름이와 송지 눈을 피한 채 얼렁

뚱땅 넘어가려고 했어.

"하여튼 너 수상해."

"가자."

채름이와 송지가 손을 잡고 뒤돌아섰어.

"어쩌다 일이 이렇게 됐지?"

나는 멀어지는 둘의 뒷모습을 멍하니 바라보며 중얼거렸어.

주머니에서 도깨비방망이를 꺼내 들었어. 이것만 있으면 모든 걸 이룰 수 있는 왕이 될 줄 알았는데 왕은커녕 친구 하나 없는 외톨이가 된 기분이었어.

그날 이후, 반 아이들 모두가 날 슬슬 피했어. 그럴수록 불안한 마음이 망토처럼 날 감싸안았지. 어떻게 이 문제를 풀어야 할까 며칠을 고민했어.

"그렇지!"

그러다 좋은 생각이 번개처럼 번쩍하고 떠올랐어. 곧 내 생일이 다가오거든. 도술을 부려서, 이때껏 그 누구도 하지 못한 아주 신나는 생일파티를 열어 모두를 초대하는 거야. 그렇게 아이들 마음을 돌리면 다시 친해질 수 있을 것 같았어. 난 반 친구들 마음을 사로잡을 만한 생일파티가 뭘지 생각했어.

다만 마음에 걸리는 게 있었어. 지금 같은 분위기라면 보나마나 형범이네 삼총사가 방해할 게 뻔했어. 삼총사도 생일파티에 함께해야 마음이 놓일 것 같았어. 그리고 이 소원을 과연 도술로 이룰 수 있을지 알 수 없었어. 아무리 생각해도 꼬마도깨비를 만나 의논해야만 할 것 같았어.

그날 저녁, 꼬마도깨비와 만나게 해 준 옛이야기 책을 펼치곤 간절히 말했어.

"꼬마도깨비야, 널 꼭 만나야 해. 제발 내 앞에 나타나 줘."

혼잣말을 중얼거리다 까무룩 잠이 들었어. 그런데 누군가 잠든 내 어깨를 툭툭 치며 깨우지 뭐야.

"야야, 눈떠 봐."

귓가에 들리는 익숙한 목소리에 깜짝 놀라 눈을 떴어.

"엇! 꼬마도깨비! 정말 나타났구나! 내가 꿈꾸는 건가?"

그야말로 꿈인지 진짜인지 헷갈렸어. 꼬마도깨비가 웃으며 말했어.

"아무려면 어때. 만났으면 됐지."

"안 그래도 널 간절히 찾았어."

"왜?"

"부탁이 있어."

난 도술로 이루고 싶은 내 소원과 고민을 낱낱이 말했어. 꼬마

도깨비는 눈썹을 찡그렸지.

"흐음, 곤란한 부탁인 걸? 평범한 기억으로는 안 되겠어."

"그, 그럼 당겨 쓴 기억은 어때? 아직 일어나지 않았지만 미래에 생길 수도 있는 기억 말이야."

꼬마도깨비가 솔깃한 표정으로 되물었어.

"미래에 일어날지도 모를 상상 속 기억을 말하는 거야?"

"응. 바로 그거야. 제발 내 소원 좀 들어줘."

꼬마도깨비가 고개를 갸웃거리며 고민했어.

"부탁이야. 딱 한 번만!"

꼬마도깨비는 매달리는 내 모습을 보더니 마음먹은 듯 말했어.

"좋아. 네가 생각하는 미래의 기억이 어떤 건지는 몰라도 이번 한 번만 들어줄게. 하지만 어떤 기억이 얼마만큼 사라질지는 아무도 모른다는 걸 꼭 잊지 마."

"와! 신난다. 정말 고마워."

꼬마도깨비의 표정이 왠지 모르게 딱딱했지만, 나는 크게 신경 쓰지 않았어. 그저 내 소원을 이룰 수 있게 되어 기쁠 뿐이었지. 나는 좋아서 방방 뛰다가 어느 순간 다시 스르르 잠들었어.

엉망진창이 된 생일파티

내 생일이 점점 다가왔어. 그동안 나는 한 번도 도술을 쓰지 않았어. 더는 수상해 보이기 싫었거든. 모두에게 상냥하게 대하다가 생일이 일주일 앞으로 다가온 날 교실 앞에 나가서 말했어.

"얘들아! 너희들한테 알려 줄 게 있어."

모두들 날 쳐다봤어.

"뭔데?"

난 정성스레 꾸민 생일 초대장을 꺼냈어.

"이번 주 일요일에 내 생일파티 하거든. 우리 반 모두 초대할게. 맛있는 거 실컷 먹고, 점펑붕붕 타면서 신나게 놀고, 마지막에 피시방 가서 게임도 실컷 하기로 계획 세워 놨으니까 꼭 와 줘."

"우아! 완전 짱이다!"

철민이가 큰소리를 치며 반겼어.

"와, 재밌겠다."

"나도 갈게."

걱정과 달리 반 아이들은 내 생일파티에 너도나도 오겠다고 말했어. 우리 반은 친하지 않더라도 생일은 서로 챙겨 주는 분위기라 아이들이 거의 오겠다고 했어. 다만 형범이네 삼총사는 조금 떨떠

름한 표정이지 뭐야.

"형범아, 우리 그동안 일은 다 잊고 친하게 지내자. 너희도 초
대하고 싶어. 꼭 와. 알겠지?"

나는 형범이 손을 꼭 잡고 말했어.

"그, 그럼…… 초대장은 받지 뭐."

형범이는 여전히 의심하는 눈초리였지만 초대장은 받았어. 덩
달아 기웅이, 진우도 초대장을 챙겼어. 난 속으로 조용히 웃었어.
이번 기회에 형범이네 삼총사와 사이좋게 지내고 싶었어.

드디어 내 생일날이 왔어. 난 약속 시간 훨씬 전부터 파티 장소
인 해피냠냠뷔페에 찾아가 문을 여는지 확인했어.

"여긴 열었고, 설마 점핑붕붕이 문을 안 여는 건 아니겠지?"

이어서 나는 점핑붕붕으로 갔어. 다행히 신나는 음악 소리가
들리며 문이 열려 있었어.

"피시방은 여러 곳 있으니까 걱정할 필요 없고, 그럼 더 확인할
게 뭐가 남았지?"

나는 완벽한 생일파티를 꿈꾸며 꼼꼼하게 확인했어. 이제 남은
문제는 딱 하나, 형범이네 삼총사였어. 나는 도깨비방망이를 꺼
내 가슴에 포옥 품었어. 그리고 눈을 감고 미리 생각해 두었던 소
원을 빌었어.

"도깨비방망이야, 이번에는 특별히 기억을 당겨쓸 거야. 오늘 내 생일파티에 형범이네 삼총사가 꼭 오게 해 줘. 그리고 오늘 생일파티가 친구들이 갔던 생일파티 가운데 가장 신나고 즐거운 파티가 되게 해 줘. 그래야 친구들 마음을 돌릴 수 있을 거야. 내 상상 속 기억을 미리 줄게. 그러니 꼭 도와줘. 도깨도 깨비깨 비도비!"

나는 그 어느 때보다 간절히 주문을 외웠어. 내 착각인지 몰라도 도깨비방망이가 짜릿짜릿 신호를 보내는 것 같았어. 꼬마도깨비한테 허락까지 받았으니 틀림없이 도술이 통할 것 같았어.

"휴, 이제 좀 안심이야. 히히히."

싱글벙글 웃음이 났어. 시계를 보니 아직 파티 시간까지 한참 남았지 뭐야.

"딱 한 시간만 점핑붕붕 타고 파티 장소로 갈까."

날아갈 것 같은 기분에 신나게 점핑붕붕을 타고 싶더라고. 나보다 어린아이 몇몇과 함께 타게 되었어. 내가 붕붕 뛰며 세게 구르니 모두 환호하며 좋아했어. 그렇게 시간 가는 줄 모르고 놀았어. 정말 신나는 날이었어.

나는 어두워지고 나서야 집으로 돌아왔어.

"우리 달모, 오늘 잘 놀았어?"

엄마가 궁금해하며 물었어.

"당연하지! 진짜 최고의 날이었다니까!"

나는 씻고 잠자리에 들었어. 자려고 누웠는데도 기분이 붕붕 뜨지 뭐야. 그 바람에 내가 뭘 잊어버렸는지 눈꼽만큼도 떠올리지 못했어.

다음 날 아침이 되고도 기분이 좋아서 저절로 휘파람이 나왔어. 가벼운 발걸음으로 학교로 갔지.

"얘들아, 좋은 아침!"

교실로 들어서며 손을 번쩍 치켜들었어. 한데 모여 수군대고 있던 아이들이 모두 날 돌아봤어. 순간, 싸한 기운이 훅 덮쳐 왔어. 반 아이들 모두가 날 쏘아봤어.

"나쁜 자식!"

조용하던 그때 형범이가 나를 보고 소리쳤어. 어안이 벙벙해진 나는 눈만 깜박거렸어.

"은달모, 네가 그러고도 같은 반 친구냐? 엉?"

"완전 사기꾼이야!"

덩달아 기웅이와 진우까지 손가락질했어.

"야, 너, 너희들 왜, 왜 이러는 거야?"

나는 당황한 채 되물었어. 여전히 아이들은 얼음 조각 같은 눈빛으로 날 쏘아보고 있었어. 채름이가 뚜벅뚜벅 내 앞으로 나오더니 버럭 소리치지 뭐야.

"야, 은달모!"

"왜, 왜 그래?"

"너, 이런 애였어? 어떻게 우리 반 모두를 속일 수 있어? 완전 실망이야!"

"그, 그게 무슨 말이야? 갑자기 왜 이래?"

나는 도무지 무슨 말을 하는지 알 수 없어 더듬거리며 대꾸했어. 그러자 이번에는 송지가 뭔가를 척 내밀며 말했어.

"달모 너 정말 몰라서 시치미 떼는 거야? 이거 기억 안 나?"

"그, 그게 뭔데?"

"뭐긴 뭐야, 네가 우리한테 나눠 준 생일 초대장이지!"

다른 아이들도 주머니에서 초대장을 꺼내 집어던졌어.

"네가 아주 마음먹고 우리를 속였잖아!"

"좀 이상하다고 생각했지만 이렇게 나쁜 아이인 줄은 몰랐어!"

"우리가 널 좀 피하긴 했지만 어떻게 이럴 수 있어?"

여기저기서 화난 목소리가 마구 쏟아졌어. 아이들이 갑자기 왜 이러는지 도무지 알 수가 없었어. 점점 답답함만 커져 갔어.

"맞아, 그거 내가 너희들한테 돌린 생일 초대장이야. 근데, 그게 뭐 어쨌다고? 왜 다들 날 몰아세우냐고?"

채름이가 어이가 없다는듯이 픽 웃었어.

"너 표정 연기까지 그럴듯하다? 어떻게 눈 하나 깜짝 안 하고

뻔뻔하게 굴어?"

"그러니까 무슨 일로 이러는지 자세하게 말해 보라니까!"

난 주먹을 쥐고 가슴을 퍽퍽 쳤어. 그러자 형범이가 흥분에 못

이겨 소리쳤어.

"이 자식! 끝까지 모른 척하고 있네. 네가 생일파티 한다고 우리 반 아이들 모두 초대했잖아! 우리가 해피냠냠뷔페에서 널 얼마나 기다린 줄 알아?"

"한참 기다리다가 네가 끝까지 나타나지 않아서 우리는 그냥 되돌아왔어!"

"그래, 그렇게 우리를 속이니까 신나냐? 엉?"

기웅이와 진우도 날선 목소리로 윽박지르는 거야. 순간 머릿속이 하얘졌어.

"생일 초대장을 돌린 건 맞는데……. 왜 생일파티를 한 게 기억이 안 나지?"

"무슨 헛소리야. 생일파티를 안 했으니까 당연히 기억이 안 나겠지!"

"뭐? 생일파티를 안 했다고?"

나는 울상이 되어 되물었어.

"은달모! 네가 생일파티에 안 나왔잖아!"

철민이까지 따지듯 말했어. 눈앞이 캄캄하고 머릿속은 뒤죽박죽이었어.

"분명 초대장 돌린 것까지는 생각나는데, 왜 그 뒤로 기억이 안

나지? 어떻게 된 걸까? 뭐가 뭔지 나도 모르겠다고!"

나는 혼자서 주절거렸어. 그런 내 모습에 모두가 어이없다는 듯 헛웃음을 쳤어.

"은달모! 역시 수상했어! 너하고만 엮이면 이상한 일이 벌어진 다니까. 이제부터 나한테 아는 척하지 마!"

형범이가 내 어깨를 툭 치고 지나갔어.

"은달모, 처음에는 네가 재미있는 아이라고 생각했어. 근데 시간이 갈수록 이해할 수 없는 행동을 하더라. 그전처럼 널 대할 수 없을 것 같아."

채름이도 고개를 돌려 버렸어.

"달모야, 너 어쩌다 이렇게 됐어? 정말 좋은 친구였는데, 이제 는 네가 불편해."

철민이까지 절교하자고 하지 뭐야. 다른 아이들도 한마디씩 하고 날 지나쳐 갔어. 난 머리를 쥐어뜯으며 그대로 책상에 얼굴을 묻었어.

"어흐흐흑! 이게 갑자기 무슨 일이냐고!"

내가 울면서 소리쳐도 반 아이들은 눈길조차 주지 않았어. 아무리 변명하고 미안해해도 이제는 돌이킬 수 없는 일이 돼 버렸어. 어쩌다 일이 이렇게 됐을까? 입맛이 없어 점심도 거르고, 수

업도 귀에 들어오지 않았어.

　집으로 돌아오는 길에 온 정신을 집중해 어제 일을 돌이켜 봤어. 뒤죽박죽이 된 머릿속을 퍼즐처럼 하나씩 맞춰 나가니 서서히 실마리가 잡혔어.

　어제 도깨비방망이로 빌었던 소원이 문제였어. 도술의 대가로 당겨쓴 미래의 기억이 내 생일파티 기억이었던 거야. 그래서 생일파티고 뭐고 완전히 잊은 채 온종일 혼자서 점핑붕붕을 타며 신나게 놀다 집에 온 거였어.

퍼즐이 맞춰지자마자 나는 길바닥에 털썩 주저앉고 말았어. 이 대로 모두가 날 싫어하게 될까 봐 겁이 났어. 내가 기억하지 못하는 일이 또 있을까 두려웠지.

"이게 문제였어! 이 도깨비방망이가 원수라고!"

누구에게랄 것도 없이 소리치며 도깨비방망이를 꺼내 내던져 버렸어. 그런데도 도깨비방망이는 저 혼자 도술을 부리는 듯 통통 튀더니 도로 내 앞으로 돌아왔어.

꼬마도깨비야, 처음으로 되돌려 줘

집에 돌아와서도 한숨만 푹푹 나왔어. 이 문제를 어디서부터 어떻게 풀어 나가야 할지 막막했어. 주머니에서 도깨비방망이를 꺼냈어. 모두 도깨비방망이와 내 소원 때문이라는 생각이 들자 너무도 꺼려지지 뭐야. 꼬마도깨비에게 도깨비방망이를 돌려주고 도술의 대가로 줘 버린 기억을 모두 되찾고 싶었어. 내가 잊어 버린 기억들이 자꾸만 궁금해졌어.

"어쩌지? 어떻게 해야 꼬마도깨비를 다시 만날 수 있을까?"

방법을 고민하다가 꼬마도깨비와 처음 만난 날이 떠올랐어. 침대 밑으로 기어 들어가 이리저리 벽을 더듬어 봤지만 문고리는 감쪽같이 사라지고 없었어.

"어떡하면 좋아?"

답답한 마음에 벌러덩 침대에 누웠어. 그러다 갑자기 그동안 옛이야기 책을 펼치고 나서야 꼬마도깨비와 만났다는 사실을 떠올렸어. 책을 꺼내 펼치곤 뒷부분을 마저 읽었어. 도깨비방망이로 도술을 부리는 건 책에서 보았을 때나 재미있었어.

"꼬마도깨비야, 제발 나 좀 만나 줘."

나는 책 속 꼬마도깨비 그림을 보며 중얼거렸어. 그렇게 한 장한 장 책장을 넘기는데, 어느 순간 책 속 그림이 이상하게 흐물흐물해졌어.

"어어? 왜 이러지?"

중얼거리며 눈을 비볐는데, 어느덧 꼬마도깨비가 불쑥 내 앞에 나타나 있지 뭐야.

"엇! 꼬마도깨비!"

"키히히! 왜 자꾸 날 부르는 거야!"

나는 서둘러 말을 이어 나갔어.

"꼬마도깨비야! 널 다시 만날 수 있어서 정말 다행이야."

나는 기쁜 나머지 꼬마도깨비 손을 잡고 흔들었어.

"나도 반가워. 네 덕분에 요즘 살맛 난다니까. 방금 전까지도 네가 준 기억을 신나게 구경하고 있었거든."

"뭐? 내가 준 기억?"

"응. 도깨비방망이로 부린 도술과 바꾼 네 기억."

"그랬구나……. 근데 기억이 사라지니까 네가 본 것들이 무엇인지 너무 궁금해."

"이제 그 기억들은 내 거야. 나는 언제든 기억 속 장면들을 영상으로 볼 수 있어. 달모 너, 진짜 웃기더라. 어떻게 그렇게 웃기는 일들이 많이 생겨?"

"진짜 내가 준 기억을 구경하는 거야?"

"그렇다니까! 나는 도깨비라고!"

"하! 안 믿겨. 사실인지 한번 확인하면 안 될까?"

"안 돼! 두고두고 나 혼자서만 볼 거야. 히히히."

꼬마도깨비가 등을 돌리며 거절했어.

"부탁이야. 궁금해. 제발 나도 좀 보여 줘. 응?"

나는 꼬마도깨비의 팔을 잡고 부탁했어. 그런 내 모습이 불쌍해 보였는지 꼬마도깨비가 선심 쓰듯 말했어.

"그럼 조금만 보여 줄게."

꼬마도깨비가 저만치 앞을 가리켰어.

"기억아, 펼쳐져라!"

꼬마도깨비가 소리치자 눈앞에 꼭 영화 같기도 하고, 홀로그램 같기도 한 장면들이 펼쳐지지 뭐야. 내 모습이 보이고, 형범이네 삼총사도 보이고, 철민이와 채름이도 보였어. 장면이 바뀌며 엄마 아빠와 동생 달래도 나타났어.

"저게 모두 내 기억이란 말이지?"

"맞아. 도깨비방망이하고 바꾼 것들이지. 보면 볼수록 웃겨. 키히히!"

꼬마도깨비는 자꾸만 웃었어. 나는 넋을 잃고 영상을 봤어. 마음 한편이 찡하고 눈물이 왈칵 쏟아질 것 같았어. 지난번 앨범을 볼 때 엄마 아빠도 비슷한 감정이지 않았을까? 나는 목소리를 가다듬고 진지하게 말했어.

"꼬마도깨비야, 부탁이 있어."

"엉? 무슨 부탁?"

"미안한데 내 기억을 돌려줘."

"뭐?"

"도깨비방망이 돌려줄 테니까, 내가 준 기억 돌려줘."

나는 주머니에서 도깨비방망이를 꺼내 꼬마도깨비에게 건넸어. 하지만 꼬마도깨비는 뒷짐을 진 채 도리도리 고개를 흔들지 뭐야.

"그건 안 되지. 약속한 거 잊었니? 우리가 했던 거래 말이야!"

"당연히 알지. 근데 내가 잘못 생각했던 것 같아. 내가 이렇게 부탁할게. 우리 거래는 없던 일로 하고 내 기억 돌려주면 안 될까? 제발 부탁이야. 응? 응?"

나는 꼬마도깨비에게 간절히 부탁했어.

"도대체 왜 없던 걸로 하자는 거야? 너도 도깨비방망이 갖게 됐다고 좋아했잖아?"

"응. 처음엔 그랬어. 도깨비방망이로 도술을 부릴 수 있어서 세상을 다 얻은 것만 같았거든. 근데 잃는 것도 있었어. 바로 너한

테 준 내 기억 말이야. 도술을 자꾸 쓰면 아무것도 기억하지 못할 것 같아 겁나. 나중에는 엄마 아빠도, 내 동생 달래도, 친구들도 모두 기억에서 사라져 버릴까 봐 무서워. 그러니 우리 거래를 도로 물러 줘, 응?"

말하는데 나도 모르게 눈물이 그렁그렁 맺혔어. 그런 내 모습이 안쓰러워 보였는지 팔짱을 끼고 한참을 고민하던 꼬마도깨비가 입을 뗐어.

"음, 듣고 보니 좀 불쌍하기도 하다. 그런데 알아야 될 게 있어. 만약 우리 거래를 물리게 되면 네가 그동안 도깨비방망이로 부렸던 도술이 모두 없었던 일이 되는 거야. 다시 말하면 너희 식구나 친구들 모두 네가 부렸던 도술은 잊게 되면서 처음 그대로의 모습으로 돌아간다는 말이지. 나한테 준 기억들이 네가 싫어하는 것들뿐이더라. 그것들도 모두 네 기억으로 남는 거야. 그래도 괜찮아?"

나는 잠시 생각했어. 형범이가 가장 먼저 마음에 걸렸지만 철민이하고 다시 친해지고, 채름이도 지금처럼 날 멀리하지 않을 거라는 생각에 마음이 편안해졌어. 무엇보다 내 동생 달래에 대한 기억이 돌아온다는 것이 기뻤어.

"그래도 괜찮아!"

나는 당당히 대답했어.

"좋아, 원한다면 거래를 없었던 걸로 해 줄게. 단 조건이 있어!"

"응? 어떤 조건?"

"처음에 내가 말했지? 우리가 했던 계약을 물리려면 또 다른 대가를 치러야 해."

"또 다른 대가?"

"응. 지금까지 네가 나한테 준 기억을 찾아가는 대신 새로운 대가를 줘야 한다는 말이야."

"응, 무슨 말인지 알겠어. 그 대가가 뭔데?"

"그건 달모 네가 말해 봐. 단, 내가 만족할 만한 걸로."

어려운 수학 문제를 푸는 것처럼 막막해졌어. 아무리 고민해도 뾰족한 수는 떠오르지 않았어. 한참을 더 고민하다 보니 한 가지가 떠올랐어.

"이건 어때?"

"뭐?"

"기억을 되찾을 수 있다면 형범이 삼총사랑 화해하고, 내 동생이랑 사이좋게 지내도록 노력할 거야. 달라지는 내 모습을 네가 볼 수 있게 해 주는 걸 대가로 하면 어떨까?"

"음…… 그거 괜찮은데!"

"대신 그 기억을 꼬마도깨비 너만 갖는 것이 아닌 우리 둘이 함께 나누는 걸로 해 줘. 다시는 기억을 잃고 싶지 않아."

"알겠어. 기억이 그렇게 소중하다는 걸 나도 미처 몰랐어. 지나고 보니 네 기억을 모조리 빼앗은 듯해서 나도 좀 미안하네."

꼬마도깨비가 이어 말했어.

"그럼 다시 주문을 걸어야 해. 우리 거래를 물리고 새로운 계약을 맺는 도술 말이야."

나는 도깨비방망이를 가슴에 꼭 품었어. 그리고 눈을 지그시

감고서 주문을 외웠지.

"그동안 내가 주었던 기억 돌려주면 새로운 대가를 치를게. 내 부탁 꼭 들어줘. 도깨도 깨비깨 비도비!"

펑!

나는 커다란 소리에 놀라 뒤로 주저앉았어. 꼬마도깨비가 저만치 앞쪽을 가리켰어. 조금 전에 영상으로 펼쳐지고 있던 기억들이 사라지고 없었어.

"그동안 네 기억 실컷 구경했으니 이만하면 됐어. 이제 모두 기억나지?"

"응. 생각나. 모든 기억이 떠오른다고!"

꼬마도깨비의 말에 나는 너무도 기뻐 소리쳤어. 형범이와 있었던 일들, 철민이랑 채름이와 얽힌 기억도 고스란히 생각났어. 무엇보다 동생 달래랑 있었던 일들이 정말 소중하게 느껴졌어.

"내 부탁 들어줘서 고마워, 꼬마도깨비야."

"약속 꼭 지켜야 해. 만에 하나 어기면 돌려준 기억 다시 빼앗아 갈 거야."

"당연하지. 꼬마도깨비야, 나 그만 가 볼게. 어서 자고 일어나 학교에 가서 친구들을 만나고 싶어."

나는 친구들 얼굴을 하나하나 떠올리며 말했어.

"키히히! 네가 새로 보내 올 기억들이 무척 기대되는데?"

"응. 나도 앞으로 무슨 일이 펼쳐질지 궁금해. 힘든 일도 있겠

지만 신나는 모습이 더 많을 거야."

내가 돌아서자 꼬마도깨비가 붙들지 뭐야.

"기다려! 이거 가져가야지."

"응? 뭐?"

꼬마도깨비가 도깨비방망이를 내 손에 쥐어 주었어.

"이게 있어야 기억을 나한테 보여 주지."

"응. 이제는 기억을 보여 줄 때만 쓸 거야."

꼬마도깨비가 손을 흔들며 인사하더니 책 속으로 들어갔어. 나는 자꾸 감기는 눈을 비비며 책을 다시 한번 살펴보았어. 《도깨도깨비깨 비도비! 도깨비방망이가 뚝딱》 내가 보던 옛이야기 책 제목이었어. 나는 그 책과 도깨비방망이를 품에 꼭 안고는 그대로 깊은 잠에 빠져들었어.

보리 어린이 **창작동화 6**

주문을 외우시겠습니까?

도깨도 깨비깨 비도비

2025년 2월 10일 1판 1쇄 펴냄
글 강정룡 | **그림** 김다정
편집 김누리, 김성재, 이경희, 임헌, 전소현
디자인 이종희 | **제작** 심준엽
영업마케팅 심규완, 양병희 | **영업관리** 안명선
새사업부 조서연 | **경영지원실** 노명아, 신종호, 차수민
인쇄와 제본 (주)상지사P&B

펴낸이 유문숙 | **펴낸 곳** (주)도서출판 보리 | **출판 등록** 1991년 8월 6일 제 9-279호
주소 (10881) 경기도 파주시 직지길 492 | **전화** 031-955-3535 | **전송** 031-950-9501
누리집 www.boribook.com | **전자우편** bori@boribook.com

ⓒ 강정룡, 김다정, 2025
이 책의 내용을 쓰고자 할 때는 저작권자와 출판사의 허락을 받아야 합니다.
잘못된 책은 바꾸어 드립니다.
값 13,000원

보리는 나무 한 그루를 베어 낼 가치가 있는지 생각하며 책을 만듭니다.

ISBN 979-11-6314-394-9 73810

제품명 : 도서 제조자명 : (주) 도서출판 보리 주소 : (10881) 경기도 파주시 직지길 492 전화번호 : (031) 955-3535
제조년월 : 2025년 2월 제조국 : 대한민국 사용연령 : 10세 이상 주의사항 : 책의 모서리가 날카로우니 다치지 않게 주의하세요.
KC 마크는 이 제품이 공통안전기준에 적합하였음을 의미합니다.